隱身術

黃庭鈺

天使綠與瓶中沙

——黃庭鈺的《隱身術》

逢甲大學中文系教授　張瑞芬

老實說，《時光走向女孩》時期的黃庭鈺我沒有太注意，青春心事和學生，女老師的人設，好女孩的偶包，像一場設局精準的遊戲，偏巧是我沒興趣那種。沒想到四年後，天使女孩進化成快狠準城市觀察家，偶爾掉點書袋也掩蓋不了人生的踉蹌，最新散文集《隱身術》肉體衰敗，心靈挫傷，終於有了點微近中年的成熟況味。

《隱身術》技術含量之高，從〈衣戀〉、〈池裡的河馬〉、〈啞光〉頻獲大獎可見。我自己也在評審會上見識過幾篇，這小家碧玉，溫潤有餘，搶戲不足（總有更辛辣的奪走評審的注意力），像前幾年的林佳樺，專包第三名和佳作。單篇乍看不起眼，但此等耐人尋味的文字，一旦多篇合觀，完整感一浮現，可就不同了，林佳樺《守宮在唱歌》如此，黃庭鈺《隱身術》亦然。

我不想輕率以「女性空間」或「身體詩學」界定黃庭鈺的散文新世界，雖然《隱身術》以「更衣室」「病房」「小公寓」分輯，如此「女性」又如此「空間」，明擺著是卸殼也是脫身的空間魔術，理性與感性的越界。總覺得她既正且反，又暗又明亮，可往天空的更深更遠處飛去，完全不必被性別拘住。黃庭鈺都會風，林佳樺鄉土感，雖然都是會做水晶指甲那種麗人，對文字的敏感度可真是不可小看。散文這件事情，可能閒適感和無所用意是很重要的，最怕夫子氣、頭巾氣或密度太高，緊張感太大的。無妨瑣碎，但合身而不貼身，那一點朦朧使人安全，讓人隱身其中，無比舒坦。黃庭鈺的文字最好的時候就能達到這種狀態，例如〈啞光〉，而這篇差不多也是《隱身術》全書的主心骨。

從居家壁面寫到自身個性、處境、人際關係、化妝品專櫃口紅的〈啞光〉，什麼都點到了，卻像什麼都沒說（真想問問，到底發生了什麼事？）。五千字不算短，卻能一氣呵成，銜接緊密，閒閒說來，全無布局一般。文字還像羊脂瑪瑙瓶般發著潤澤的光：「我像一團灰，暗啞地發著微光。啞光既正且反，又暗又明亮……啞光名之為啞，但終究還是光，勻薄素淨像上了膜，不是剔透的但也不飽滿……會不會在某些時刻，人們需要將自己安置在這樣有點發光又不太發光、有點存在又不太存在的狀態。」

全文說事也說人，篇尾收束在鏡像兩面的人格對照上，像分割畫面三稜鏡折射，過去悲傷的我遇見現在明朗的我：「下午的家沒有別人，洞穴般安穩，我拉起窗簾癱往床上……彷彿自己本來就住在灰色裡。感覺意識酣甜，四肢末梢漸次暖和起來。有道影子自牆上映現，我知道是我，而且有霧來過。」

開頭煞有介事的設計師牆面選色理念，灰藍霧面像倫敦的天空，如何顯氣質，飽滿耐髒不眩光，滿天花雨，講的都是自己的內心。文字如海，漫漶無邊，最終結束在「我知道是我，而且有霧來過」，輕巧一句，像燕子掠過水面，了無痕跡。這種結尾，又如〈衣戀〉，整櫃子執念，欲望堆積如山，自己不夠完美，時機總是不對，結尾引蕭芳芳金馬獎致謝詞時披肩掉落時自嘲的一句：「女人過了四十，什麼都會往下掉」，作者說道：「我忘了她的得獎感言說了什麼，只覺得能夠這樣瀟灑、穩妥地接住自己的重量，真好。」

〈啞光〉，那霧灰，光與影的魔術，藏匿的空間，其實也就是黃庭鈺的文字高段的「隱身術」。而〈衣戀〉這種輕盈感、空氣感，則創造了酸甜適口的平衡，使文字舉重若輕，負載輕省。這在輯二「病房」言肉身病苦時顯得更為重要。〈病房〉、〈無聲〉、〈接住〉諸篇中，手術刀喚醒性、暴力和劇痛的記憶，在夢境與真實之間冷汗涔涔。傷病書寫，無論描述自身或親人歷來慘烈，適度的抽離，拉升到精神層級，能使敘述不致過於黏滯，像輯一「更衣室」〈拉環〉、〈合金〉那樣滲出組織液的驚悚失愛，畢竟只是一秒閃現，幸未成災。輯二「病房」包括〈不毛之地〉言焦慮致禿，〈蛛網〉、〈驅蟲〉談密集恐懼，生活中鋪天蓋地的威脅，加上一點幽默自嘲，意境遂完全不同了。

在黃庭鈺筆下，世界就是一個巨大的病房，可以悲哭號泣的時候，可以往憂鬱症深陷而去的時候，她寫得十分節制。泳池內浮沉，諮商室躊躇，病房內生死一瞬，情傷受虐，暗夜噩夢，影影綽綽，此中有人，但在人事劫毀與傷病折騰下，她的自嘲是非常人間世，不讓人難堪的，保持平衡的，讀者遂能以平視角度靜觀他人之痛苦，並且會心一笑，最典型就是輯二「病房」中〈池裡的河馬〉。

中年女子，在家庭與事業間奔忙，游泳只為減肥，學業源於不甘，日復一日徒勞著，像池裡的河馬，活得載浮載沉。河馬水面上只露出雙眼，冰山下多少擁腫與不堪。腳踏實地很安心，但「我多麼嚮往無重力狀態，腳不著地的輕盈……不必記掛因老去而不再被珍愛，不必奮力跟上眾人的步伐，不必擔心說錯話」。而篇尾是這樣收束的：「形體消散了，隨時心裡都可以是一座海，漂著漂著不以標準的姿勢，靜待日子一天比一天鬆弛」。我記得初看此文的驚豔，心底讚了一句「不俗也」，然後就是疫情相關主題奪去了該場徵文冠軍，該敗北的就這樣敗北了，還好河馬後來在另一項文學獎拿回了佳作。

〈池裡的河馬〉說的是無半句虛假的中年狼狽，泳池起身時泳衣一吃水臀瓣畢露，蒸氣室肉身皮相鬆垂，對比老父的膝蓋卡卡無藥醫。念不完的學位總有辦法，假裝久了，或許有一天就變成真的。「機會不是只留給準備好的人，也留給假裝準備好的人」。這妙意偶悟，深得生活散文三昧，也超越了性別指涉，寫到一種毋意毋必的境界去了。

啞光名之為啞，但終究還是光；佳作名之為佳作，終究還是佳。《隱身術》輯一「更衣室」堪稱「名物散文」，言愛欲本質，氣味與物件，收藏與念舊；輯二「病房」則是「傷病書寫」，深度檢視自己疏離的人際關係，肉身和生死的領悟；輯三「小公寓」有很多不暇掩飾的日常生活細節，女校教學的日常，完成博論的艱苦，教改體制的省思，裝潢小宅「偽定居感」的夢想。三者角度不同，也因此折射出作者完整且多面的性格。

讀完此書，很難忘記輯一〈收藏沙子的人〉有一段耐人尋味的話，收藏一件物事的意義，不僅是保留，它還包含拋棄。當我們將思緒凝結成一串串文字，是完成也是遺忘了，像我的老師王孝廉說的：「一本已經完成的書，就像已經掩埋下葬的墳，裡面埋的是什麼都不重要了。」

作者自言，《隱身術》是逸脫自我之殼，凝視一己肉身的一本書，是一則自我設限的隱喻，是無法放膽交付真心的感情，如同口罩之外未見全貌的眼耳鼻手。黃庭鈺的文字，是收藏齊備的小宇宙，天使綠與瓶中沙，暗啞地發著微光，森林系精靈感，非常物質也非常人間，記不清有多久沒見過這樣優質的散文集了。

黃庭鈺的文字，也是非常華美的袍，薛丁格的貓，潘洛斯階梯，愛因斯坦的夢，可以的話，把體系再解散一些，不過這當然是過苛了。我只記得裸妝無痕，鴨蛋清般的臉上猶有睡痕，美到自己渾然不覺其美，那才是真美，而黃庭鈺是有這樣的潛質的。

獨角戲喧譁

作家 吳鈞堯

小說與散文創作，經常發抒己見，各有美學與主題，我留意到近些年它們都有「內視」現象，一種靠攏家族、貼近自我甚而揭露生活、生存。

文字百家本該眾說紛紜，但屬於本土、內省與裸視的，隱然成為主流。每一個人都有不可抹滅印記，記之、寫之，以個人經驗為基底，有類似經驗者成為最先受眾，而缺乏底色的人，也能在秀異的描述中找到共鳴，但問題來了，如果不願意書寫個人、家族，不願意裸露自我的人，該怎麼辦呢？

讀黃庭鈺散文，直截想起潮流成為共同時代背景，如斯景深中，走進去成為一員，或者擺一個擂台，梳理該有的景片、燈光以及裝扮，告訴大家散文的去路很寬，可以搖動自己旗桿，不用依附碩大的旗幟下。

最初認識庭鈺在新竹女中，她優雅美麗，無法預料多年後出版《時光走向女孩》，而書寫的轉骨，只要有心任何時刻都會發生。《隱身術》是她的漂亮出擊，以理性、客觀視角，審看五顏六色流過，當然也身涉其中，遇藍則藍、遇淚則淚，摘花時，除了嗅聞留下的倩影，竟不知伊人何處而來，這有別當下作者各有來處，並挾其龐大渾厚的親情、倫理、愛情、淪落、消亡等等盛開與花謝，讀者只能欣賞黃庭鈺一個人的舞台。

隱身術自然是獨角戲，只有當事人知曉，哪些該示現作為線索，哪一些又該隱藏。極大的挑戰是人物單一、不走煽情路線，必須的內心戲也常是這裡掩一下眉目、那邊遮一下足跡，種種的「設限」讓《隱身術》獨樹一幟。知性書寫行之多年，但寫在這個年頭，是一種勇敢、同時也是委婉，必須讀了又讀，才會知道作者藏在字句中的性情。

〈啞光〉從房子的裝潢到表情、人際的裝潢，表現人與人之間關係的變化跟因應。半推半就而被裝潢成的房間，成為避風港，隱喻性非常強。〈無聲〉寫隱忍個性，手術房裡頭孤單開刀、與孤獨相處。〈小公寓〉對拼圖迷、模型迷提出生動見解，對家的大小、能否掌握與否，都有心理暗示。因為不能隱去生活日常，反倒找到一條特色之路。顧左右而言他，讓他成為左右。

庭鈺的寫作立場，習慣在事件的核心之外，找到面對自己與世界的不同方法。面對是勇氣，選擇的呈現方式亦然。〈不毛之地〉，小題目、大特寫，接續的榫接處有如柳暗花明，把體膚小事寫得驚心動魄，是倫理劇也是驚悚劇。關於名相、有無等執著追求跟在意，環環相扣。〈在我忘記以前〉在「讀後心得」的輪廓上，施展優質思慮，以夢、睡眠、生命簿，連接遺忘與存在，不暴露，依然可以寫出感動、道出體會，偶然出現的個人真實經驗，竟有黏膩作用，驚喜看到作者衣角。

〈接住〉完成難度很高，稍閃即逝的回憶片段常被遺失，卻能以拼圖方式，撿拾模糊以及受潮的板塊。〈餘地〉勾勒匆忙生活，並寄望以文字圍捕，有意思的是非常巧妙地不去解釋為什麼這麼忙亂。〈未竟之夢〉現實生活著手，寫荒誕、但隱隱然非常實際的夢，特別之處是迂迴，帶點徒勞無功，呼應生命真相。

庭鈺筆觸偏冷，但以詼諧調味，〈啞光〉，「明明買了好幾本色系繽紛柔和的鄉村風裝潢書在研讀，怎麼搞到最後住進灰撲撲的地窖裡」、〈不毛之地〉，「可能頭部枕在手術檯超過十二小時沒翻動，所以毛囊休克了」、〈越界〉，「仍常見一些人左邊座位放個背包，右邊擺一件外套，頗有對柱撒尿、劃地為界的意味」、〈衣戀〉，「青春時的穿搭習慣合身，純粹就是覺得好看，非關展露曲線，因為從未想過沒有曲線這種事」。

幽默作為看見真相的軟降落，一笑視之，總比相擁而泣好，於是睜大眼睛可以直觀世界，但睜一隻眼、閉一隻眼，並不會損失全景，卻讓全貌多了取景的用心角度。

讀當下散文，約莫能解作家生平、生命情境與經歷，這些事蹟對庭鈺來說，都顯得害臊了，於是劃分生活與寫作，它們相涉但不需要全面融合，可以就光影移動、閱讀遠近，猜度花影偏東或者偏西，恭喜庭鈺完成藝術純度高的散文佳作，也恭喜讀者與散文界，一起豐收層次豐富的隱身術。

目次

輯二　病房

輯三
小公寓

輯一

更衣室

氣味

我甚至覺得失去天使綠、肉桂捲、瑪德蓮氣味的記憶，是我對自己、對這世界的惡意

第二次見面的時候，他說上次就嗅出我身上有悲傷的氣味。

上次嗎？是在面著大片落地窗的那座橄欖綠沙發上吧，原本我們相對位置是L型，他說這樣說話不方便，接著就坐到我身邊來。店員問卡布奇諾要不要加肉桂，我們點頭。我喜歡肉桂的氣味，它帶有茴香、荳蔻之類的南洋風情，南洋印象總讓我感覺放鬆。後來聽說肉桂是催情物，不知道是不是因為氣味芳辛，嚼個肉桂片有暖和身子、醒腦或促進末梢循環的緣故。以前在網路上聽過人們爭辯肉桂是葷還素，持葷食

派者，就以肉桂產品能喚起男性雄風為力辯的主要理由。還有人只因有個「肉」字就堅持肉桂為葷，未免也太瞎。

總之，這悲傷氣味的說法還真讓我暈船了。

那時我如此年輕，喜歡在頸間灑一點玫瑰花露水，比起魅影般揮之不去的豔麗香水，蒸餾製成的淡淡氣味更像渾然天成的體香，只是太天然的東西有時會有保鮮的困擾，尤其遇上驟升溫度，就會溫吞吞地飄出腐朽的味道。那次悲傷的氣味，該不會是我心跳太快，體溫變高，而使身上的花香敗壞了？如果是髮絲上的酸味就更難為情了。升小六的夏天，一次被同學戲謔我那發酸汗漬的頭髮，此後我每天早上起床便要洗頭，關在浴室擠了大把香精洗髮乳一直洗，像是黑人執意要洗去膚色結果洗出了血那樣用力。最糟的想像是，近距離對著喜歡的人呵出沉痾已久的食物殘渣味，還有什麼氣味比這更悲傷的呢？當我胡亂搜尋氣味的記憶時，一個吻倏地貼了上來，噢，不賴。他的呼吸裡有菸草的氣味。

於是氣味也洩漏某些習氣或脾性。比方說菸癮、深焙咖啡、常熬夜或不愛喝水。

當然，比起經由漱口水、口香糖、喉糖洗禮過的吻（那簡直像在吃牙膏），帶點習氣的吻令人感覺踏實。當衣裝盡是樟腦味，髮絲、腋下香水噴得斯文有禮，一呼一吸都是薄荷，整個人工工整整地似乎沒有一點瑕疵時，總讓人有種長年待在無菌實驗室或蠟像館裡保護得過分完好的窒息感。到底，人還是該有一點氣味的。

曾經很嚮往法國小說家菲立浦．克婁代（Philippe Claudel）所描述的天使綠香味，那是兒時小情人在一次舞會情不自禁地吻上他的氣味。幾年後，克婁代才在母親經常拿來點綴蘭姆酒蛋糕的蜜餞上發現一樣的香氣。有蜜餞氣味的吻啊，那必定是糖漬加州李或地瓜蜜之類的濕軟物拾，密封罐打開後瞬間散布空氣中的清甜粒子，那就是天使綠的氣味嗎。

法國大概是個嗅覺感官的國度吧，年輕時覺得有生之年一定得來到巴黎喝上一杯咖啡加肉桂，露天坐看曼妙身形流轉街頭，用幾個下午去品聞整座城所散發的費洛蒙。克婁代也形容過肉桂的氣味極易讓人迷戀，像是一種合法毒品，可以讓麵團變得更優雅精緻、擁有美麗的口音，加入肉桂的紅酒甚至是令人銷魂的魔鬼玉液。

幾年後的初秋，我真與一群人來到攝氏六度下著一點霜的巴黎，行經糕點店趁旁人不注意，湊近點綴著蜜餞的各式糕點上嗅聞，想知道什麼叫正統的天使綠，看見肉桂捲就趕緊買一個，還有普魯斯特那浸過熱茶散發甜軟香氣的瑪德蓮也得買。那時真是太年輕了，喝上一口薄酒萊就覺得奢侈極致，隨羅浮宮人潮前進看蒙娜麗莎，在蒙馬特排隊與出現在電影《艾蜜莉的異想世界》中的旋轉木馬拍照，跟著去朝聖香榭麗舍大道的奢侈品與名牌包。真有機會坐下來喝咖啡，一行人又轟轟嚷嚷，鄰桌法國男子轉身與我聊些我來不及聽懂的法式英文，末了執起我的手輕啄了一下，一行人又簇擁著起身說該往下一個地方去。一切太快，幻燈片般跳接，我幾乎記不得咖啡有沒有加肉桂、那迅疾的吻的感覺。

下著霜的巴黎無色無味，如雕像如鼻塞。天使綠和瑪德蓮也失去嗅覺的記憶。

據說，人們的感官知覺是為了生存本能，凡符合生之需求與死之趨避的都解釋得通，所以擁有嗅覺也是為了生存，與生存無關的氣味便會成為嗅覺的盲區，那或許等同於視而不見、聽而不聞、心不在焉，並非感官失能，而是我們選擇性地拒絕不願感知的一切。彷彿，感官知覺持有某種神祕陰謀，一些氣味之所以被嗅出來了無非是物競天擇的適者。氣味分子進入鼻腔與嗅覺細胞產生反應，大腦藉此接收它所下達的指令，肉身不過是處於主觀意志宰制下的世界罷了。

開放氣味供對方記憶的青澀時日，很快就成為過眼雲煙了，不再相信愛的時候，好像也就毋需發出對的頻率。費洛蒙因之成為嗅覺的盲區。

那麼，我是不是也可以順理成章地懷疑，感官有了盲區也是一種生存本能，是預防「馳騁畋獵，令人心發狂」的自我防衛機轉？只要感知到的外界無色無聲無味，就不會有目盲、耳聾、口爽的可能，於是不曾擁有就無所謂失去，沒有愛過就不會被愛遺忘，我不需要朋友實則是我害怕被朋友背棄。

年輕時過眼即忘的氣味，要不就那氣味本身是無關生死的享樂，要不就是害怕將來再也感受不到，於是自動開啟防衛機轉。我甚至覺得失去天使綠、肉桂捲、瑪德蓮氣味的記憶，是我對自己、對這世界的惡意，表面上是我不相信快樂是生活之必要，實則是不願憑藉這些氣味，記起匆促慌亂的青春是如何被不懂事的自己給浪擲掉的。

這樣帶著懲罰意味、或說是自保的鴕鳥心態，隨著年紀增長愈發倒果為因，乾脆不要放手去嗅出快樂、不要輕易散發愛的氣味，嗅覺的盲區愈多，為生存而築的堡壘彷彿就愈堅固。躲在自己的堡壘裡，只覺外界無色無聲無味，所有的感知像是拔牙時麻醉了的嘴唇和鼻頭，怎麼逗弄都是多餘的一塊肉。於是活得愈來愈像一尊雕像，又好像鎮日鼻塞，沾沾自喜沒有什麼氣味值得我大驚小怪。

當新冠肺炎疫情肆虐，味覺、嗅覺的喪失成為確診指標之一時，我才意識到心理上抗拒某些事因而採取的趨避行動，會導致什麼結果，我們尚能無話可說；但如果是無辜地遭遇背棄，例如染上疫病而使習以為常的感官知覺遭到剝奪時，那是連世界都不要你了。

世界不要我了，是因為我曾被世界接受過；被你遺棄了，是因為曾經深深地被擁有。那麼，屋室裡你未帶走的書冊漫著類似雨後窒悶未散的潮濕霉味，澡間浴缸洗手台各處的孔隙彷彿仍不時散逸著縹緲菸味，還有你養的那缸魚曾在換水時不慎跳了一隻到椅子縫隙，這麼久了都還竄出陣陣的腐朽腥味……種種不美好，實則意味著我同樣能嗅到美好。

鼻塞的日子並不好受，關於不曾感知就不會失去的種種悖論，說到底，都是骨子裡在逃避。不好的事情發生了，趕快去做快樂的事；身體發燒，就服退燒藥；與這個人分開，急著投入另一人懷抱。逃避壞的，連同好的也一併失去，自我防衛啟動得過於猛烈，如發條拴得太緊，害怕動輒得咎於是舉步維艱。那麼，我身上悲傷的氣味不會是形而下的酸腐花露水、汗漬髮絲或食物殘渣，而是一副脆弱又固著的心腸澈底悶壞了的氣味。

電影《以你的名字呼喚我》似也為這「壞掉的氣味」做了解釋。十七歲的艾里歐初嘗同性之愛而未有結果時，父親柔軟地安慰他：「我們為了快點痊癒而付出一切感情，以至於到了三十歲就沒有情感可付出了。每次遇到新對象，能付出的就更少。」為了避免疼痛，行止愈發侷促。不願再給出更多，當然也可能得不到更多。

我們是什麼時候開始壞掉的呢？也許事情總是先發生，才會慢慢意識到某些部分可能已死去很久。「但為了不要去感覺而讓自己毫無感覺，實在太浪費了。」艾里歐父親這句話，我始終放在心上。

還是很想念有著菸草氣味的吻，氣味出自於誰已經不重要了。天使綠沉澱後或許會是菸草的氣味吧，即便菸霧轉瞬杳然，卻總能帶我到遠方。

我想起一落落紮起如舊報紙堆的乾燥菸葉，那是兒時隨父親拜訪菸農時經常出現的場景。大人談著工作，孩子們在黃褐色菸葉堆間穿梭，一旁鋁製大茶壺煙霧裊裊，菸葉、茶水、人聲，混雜如安穩的沉香。偶爾因腳步或風而驚動了碎葉纖維，沉穩的香氣便如蝶一般地飛了起來。閉上眼循著漫天鵝絨，走進鼻腔裡的氣味甬道，緩緩追溯它們的根據。

我是自己氣味的盆栽，豢養饒沃的，關於芳辛、清甜、腥腐、酸臭或者薄荷味的記憶。多年後，根莖蔓延，許多當年不懂的念頭，以菸味為底，如霧陣陣襲來。

愛的羅曼史

〈愛的羅曼史〉我依然沒彈好，是不是因為我始終不願承認那是一首獨奏曲？

十五歲那年，吉他斷了一根弦，我窩在房裡許久，無法開口向父母解釋我怎麼搞的，調個音也可以斷送一把吉他的命。

我習於將事情的糟糕程度預想到最高，好像非得如此才能淡化面對真相時來勢洶洶的怖懼。後來才知道換一根弦也不過五十元，到底值不值得事先飆高腎上腺素、凌遲似地揣摩百百種受難圖？不精於算計的我，這樣基礎的習題始終學不會。

北上讀書後，在社團博覽會看見學長一口潔白牙齒抱著民謠吉他，身邊圍了幾個女孩唱著〈歡樂年華〉，大學啊理應就是一個歡樂年華，我以為曾有過一把修復好的古典吉他，就有了加入歡樂年華的資格。

然而，古典吉他講究獨奏，沒有歌聲，看的是演奏者的技巧與指法。歡樂年華就是要三兩好友同甘苦吧，我在人群裡領導與被領導，信奉著鳥獸不可與同群，就是愛，也得往人群裡面走，濃稠如蜜。

古典吉他實在太難太寂寞了，我託學長購入一把民謠吉他，鋼弦不比尼龍弦溫潤，一下子就弄痛指頭，太怕痛的我也就學不會封閉和弦、揉弦與滑音。於是經常疑惑社課時怎麼大家都跟得上教學，偏偏就我發出的音困滯不明朗。

學長見我指法紊亂，蹲下來端詳問題，被發現我原來是個不懂唱歌也不懂五線譜的人。「妳還是好好玩古典吧，我教妳。」好一陣子我便上山到藝文中心的社辦去找他，我們從西班牙民謠〈愛的羅曼史〉開始，六線譜對我來說是彈古典的捷徑，他就是帶我走向捷徑的救星。

有時指頭痛了，腦筋轉不過來，我們便放下吉他聊起自己的事。他說每周他都會到某所高職教吉他，不知為什麼我聽了明明覺得窒息卻又故作呼吸暢快地說：「那個學校聽說漂亮的女孩子很多。」他爽朗地露出潔白牙齒拿起吉他盯著琴頸調一下音：「可惜不太有氣質。」我像是忽然吸到一大口氧氣，肺葉都蓬鬆起來。

我們應該是同一個星座的人吧，我生日過後就換他了，那年在女宿樓下排了很久的公共電話，總算能打一通祝他生日快樂。他訝異地說聲謝謝，邀請我加入社幹，一起為社團努力好嗎。我遲疑了一下沒有答案。如此而已。

想說的說不出口，配著樂音的歌詞跟不上節奏，不服氣又不甘願放棄，進入歡樂年華擁有民謠吉他的那段時日，我經常一個人跑至宿舍頂樓拉張鐵椅壓住鐵門，對著門外小聲彈唱王菲〈我願意〉、辛曉琪〈味道〉、Richard Marx〈Now and Forever〉，有陣子特別喜愛堂娜的〈奢求〉。

句句歌詞從頂樓迴盪到心頭，乃至成為情感的隱喻，而我依然不自覺地覆誦著「思念是一種很玄的東西　如影隨行／無聲又無息出沒在心底／轉眼　吞沒我在寂寞裡」、「我想念你的吻／和手指淡淡菸草味道／記憶中曾被愛的味道」，都還沒能開始練唱〈Now and Forever〉的歌詞，便不斷在其前奏的滑音技巧裡經驗挫敗。

民謠漸漸離我遠去，生活裡彷彿即將沒有和鳴。有時覺得自己愈來愈像一把古典，可是又不甘於獨奏，或者我根本學不會獨奏。

大學讀了一半，學長告訴我他被二一了，不打算重考，可能就回南部家鄉去。我知道他高中念了四年，大學的路也走得辛苦，他睫毛很長，歌聲真好，可是所有的美好都抵不上星星太遙遠。有時真如〈味道〉裡「赤裸裸的天空／星星多寂寥」，寂寥是因為我會一直待在台北吧我以為。

學長離校那個夏天，期末社課結束後我們並肩走了一小段路。

「還記得吉他營晚會妳彈〈愛的羅曼史〉那次的事嗎？」學長喚起不久前一個很糗的記憶。

當然不會忘。抱著吉他在一群社員前獨奏，從頭到尾彈不出一顆完整的音，直對麥克風喃喃著：「我好緊張，我好緊張……」好緊張的時候，是他蹲在我身邊耐心暗示下一個指法。為了這個節目，我們還花好幾個下午作特訓。

「真不好意思，最後拿了個『最佳口白獎』。」我說。

「哈哈，天氣太冷的關係。」學長笑開了像星星，在夜裡格外閃亮。

那時正逢寒流，指頭都凍僵了，一定是這樣。下次來表演新的，我希望能練好〈Now and Forever〉的前奏，後續的歌詞就可以順利唱出來，「Whenever I'm weary from the battles that raged in my head／You made sense of madness when my sanity hangs by a thread」學長說好啊這首很好聽。

只是，沒有下次了。

斷了線之後，我不再背著吉他上山，糊裡糊塗只知道「今天晚上的／星星很少」，也真的「不知道它們／跑那去了」，有些事淡了遠了好像就算了。

後來我真與手指有淡淡菸草味道的人相戀，然後疏遠。他的琴彈得露骨，刷得亢奮，總在激烈處倏地結束。說起為當紅的誰誰誰寫譜、錄音、伴奏，他必然要複誦精采的來時路，那會令我崇慕。只是路的那一端漸漸長出牆，成為高不可攀的壁壘。他不是星星月亮，而是太陽。眾星拱月不夠，他必須是最亮的那一個。

他喜歡從紛雜艱深的樂理教起，我只想強記一首曲子的旋律，像那年學長溫柔的指法，一步步導引我向青草處漫溯。熄了菸進來，見我指頭已壓出凹痕，再往下滑動就有鋼弦嵌入血肉之虞時，他總又憐又愛地教誨著這樣很好哇，以後就會對痛更有耐受力了。

什麼人都有資格這麼說，唯獨弄痛人的始作俑者說不得。

又到了歡樂節慶的十二月，如果還有機會在電話那端祝學長生日快樂，「一起為社團努力好嗎」，我會毫不遲疑給個肯定的答案。

此刻，我又想起手指有著淡淡菸草味道的人，想起他的吻，他的外套，還有身體的記憶。面對許多事我經常無聲無息去接受、去消化，一點抗議的自覺都沒有。恍然有了痛覺，傷口已成疤。當眼底僅容得下疤痕，忘卻珍視其他完好肌膚時，某種惡性循環便跟著啟動，總以為千錘百鍊後就是金剛不壞之身。於是，烙傷的煙霧還沒淡去，燒紅的鉗子仍不斷夾起煤炭往身上燙，有時真不甘心自己只能束縛著被動去感知痛。

怕痛又往痛裡去，那些味道、我願意、Now and Forever，彷彿都成了奢求的咒語。〈愛的羅曼史〉我依然沒彈好，是不是因為我始終不願承認那是一首獨奏曲？

回音

也許他並不期待回音，他只
是在對樹洞說話，而剛好，
我給了他一個樹洞的地址

在軍校讀書的朋友寄信來，告訴我某天他跑了幾圈操場、哪位學長念了他幾句，末了祝我學業順利。何以軍校朋友會動念把這些事填滿兩張信紙，摺好，放進信封，花了郵資走向郵筒？他期待我回信嗎？

以前曾見過頑皮的小學生催吐般把手探進郵筒投遞口，幾番逗弄使鐵片喀啦喀啦響，彷彿非要它嘔出一地心事不可。嬉鬧後小孩們繼續前行，獨留郵筒立在原地，滿腹辛酸似地，四周一片清寂。他也見過類似的場面嗎，所以信末再追問一句：上次的信收到了沒？

那年我剛升大二，修了兩個學位，每周的課排得很滿，住在學校宿舍幾乎沒空檔回台中。我跟軍校朋友並不熟，只是共同經歷一場行旅。那次，我也認識一位長我約二十歲的女教師，我們有些奇妙的共識，覺得沒有伴也可以旅行，出發後就會認識新朋友了。

女教師與我當了幾天室友，走在奧萬大楓紅下，落葉被踩得窸窸窣窣地像極了兩人一路上的耳語，偶然一隻黑狗加入我們的行列，幾哩路後又自個兒走向他方。起風時眾人陸續走避附近商家，我倆觀景興致未減依然流連在外，夕照下兩副剪影靠得緊，似也在對話。

這樣的交友方式帶點奇趣和清爽，不必特別維繫，短暫交集後，又可各自走向自己。畢竟多情總被無情惱，無情也許就不會有罣礙了。

難忘那些令人畏怯的黏膩和熱烈，大學時一位學姊邀我參加宗教聚會，會場裡盡是白衣女子。一位容光煥發的中年女性昂揚地站上台，對著麥克風高喊女人當自強，台下許多人都跟著歡呼、感動流淚。場子裡每個人都長得一個樣。紅與白。熱血與新生。之後，又有一位學姊連番勸說我去給師姊師兄核可身分，她說只要入會禪修到某種程度，就能見到核心高人了。

面對不斷散發積極能量的人，好像非得回以同等熱度，否則無法平衡彼此的施與受。太冷淡的，也令人不知所以，反倒擔心自己是不是太熱烈，讓對方承受壓力了。在這些經驗的積累裡，我彷彿學會關係的互動就該若即若離、淡如水。有陣子甚至覺得沒有朋友很自由啊，失去愛情也應該要覺得自由，因為從此不必擔心還會再失去什麼。

軍校朋友的來信，會用白底紅框的中式信封和八行紙。他的字體方正、運筆很重，信紙聞起來沒有香味，每回分享的事都差不多。彼時我在台北讀書，宿舍或租屋都只是中繼站，於是面對所有需要填上通訊的表格，一律留下台中住家地址。只是隨著回家次數愈來愈少，收信展信就會集中在寒、暑假，賞味期限成了毫無意義的數字。躺在床上一口氣看完軍校朋友一封封過季的故事，發現他的生活沒有季節。我把信紙依原來的摺線摺好，像退回對方的心事般，收進信封、整疊塞進抽屜。

我應該沒有回過信，事實上也不知道該寫什麼，也許他並不期待回音，他只是在對樹洞說話，而剛好，我給了他一個樹洞的地址。

關於樹洞的隱喻，眾所熟知的大抵是電影《花樣年華》最後一幕，周慕雲一個人帶著抑鬱而無處訴說的哀傷，來到吳哥窟。對著斑駁牆面上類似樹洞的地方傾吐祕密後，他便走往長廊盡頭。鏡頭一轉，樹洞被封了土，祕密遂永遠成為祕密。或許，有些事說出來是為了藏得更深。說了，只為以後不再說了。

多年後，我與一行人來到吳哥窟。在高聳叢生的寺宇間，看見一尊石臼大小的佛頭鑲在樹根底部，任由青苔攀附，沒有身體。不知歷經多少戰爭和雨水，佛像上靜謐祥和的微笑讓我腦中一時紛亂起來，不只想起《花樣年華》，還想及蔣勳的《吳哥之美》、安潔莉娜裘莉主演的《古墓奇兵》，文字、畫面、音效齊步迴盪，瞬間又隱沒在擎天古木中，復歸於無。吳哥窟的美太安靜了，彷佛在此呼出的每一口氣都會永久停格，步履所及而驚擾的每顆塵埃，落了地就永遠落地不再揚起。無怪乎此處適合埋藏周慕雲的祕密。

然而一去不復返太悲壯。我並不希望一顆石子丟出去是無聲無息，我想得到些許回音，哪怕是咚一聲從井底深處迴盪上來，都像對擲進石子的人說著：「我收到（你的心事）了……」這樣也好。大概是受到《牧鵝少女》的影響，少女對著煤爐說出受虐往事，煤煙管一端其實有國王在竊聽真相，最終由他主持正義拯救了少女，讓王子與真實身分是公主的牧鵝女舉行婚禮。格林童話裡有太多詭譎的人設和情節，作為兒童讀物已備受質疑。倒是，我確實是在愛做夢的純真年代，反覆讀了這個故事，且由衷相信說出來的心事理應得到回應。不知道那位軍校朋友，是不是也看過《牧鵝少女》？是否期待過回音？但願他信奉的，是那只樹洞。

寫信、寄信這檔事，或許已成為時代的眼淚。明信片上印好的郵資似乎不那麼必要了，明信片只是明信片本身，不見得是溝通的載體，遑論走到書局挑選成套且聞起來有淡淡香氣的信箋和信封。手寫完文字，把信紙摺成愛心、菱形或各種讓收信人有拆禮物感覺的形狀，那是七、八〇年代屬於我輩的集體記憶。我甚至有位持續通信

六、七年以上的筆友，不曾電話，不曾見面。也許我們在大學校園裡照過面，在女宿裡一前一後端著臉盆等待空的洗手台，曾在同一個時間就著水龍頭刷牙洗臉。甚至她可能在我隔壁浴室沖澡，流經我們身體的泡泡水漩入同一個下水孔又流向同一處汙水處理場。可是現實裡我們心照不宣，誰都沒想過要打破界線。

我們如此靠近，卻又如此遙遠。可是我們互為回音。

國三那年，我收到來自報社轉寄的信件。是她透過編輯轉信給我，那是什麼樣的年代呢，時間緩緩、人情可貴，報社編輯願意為兩個女孩搭起友誼的橋梁。信件劈頭她便委婉批判我投稿在報紙上的論點，當下我也回信委婉堅持我的立場，一來一往，沒有煙硝味，說的話愈來愈多，話題愈扯愈遠，而後把彼此當作樹洞，或牧鵝少女的煤煙管。升上高中，我們分別就讀自己縣市的第一志願，前後踏入同一座大學校園，知道彼此住進同一落宿舍。但我們未曾謀面。

也許有些情誼適合放在毛玻璃背面，透明的心事方有隱遁之地吧。如同跟神父告解，布簾背後傳來一聲「願主保祐你」，那是深井迴盪上來的安慰。告解完就走，有種誰也不認識誰的安然。

許久以前徐若瑄還是少女隊成員的時候，演了一齣偶像劇，戲裡她來到教堂想向神父說她喜歡一個男孩。恰巧這位男孩也正想找神父說話。神父不知何故缺席。當男孩發現徐若瑄走進教堂時，他慌忙之下躲進告解室，接下來的鏡頭切成兩塊，裡和外。外頭的女孩對著布簾說她和腿部傷殘的閨密同時喜歡上一個男孩了，面臨兩難她好困惑。男孩也喜歡她，所以他在鏡頭前掩不住雀躍，在布簾後盡可能壓抑要跳出來的心臟，最終故作鎮定說了：「順著自己的心去走。願主保祐你。」

順著自己的心去走嗎。那位軍校朋友、長我二十歲的女教師、我的筆友，還有我，面對彼此情誼時都會順從自己的心嗎。現在回頭去看那些船過水無痕的友誼（不，那些被我保留得好好的信件也算是友誼的痕跡吧），仍覺得彼此祝福但不必相見，是很舒服的決定。

幾乎是與筆友通信的同一段時期，我也寫信給救國團「張老師」，從高一第一次段考數學不及格那一刻開始。我在各式不同色澤、花樣、香氣的信箋上，寫滿人際相處、讀書方法、與父母互動、選填志願乃至對愛情的疑慮，一次又一次把心事寄出去，持續至大學三、四年級。我的「張老師」一律用公版信封和信紙回覆，從來沒有一次忘記我。

而後，我也踏入義務「張老師」的行列，通過一年九個月、三階段的訓練與篩選。授證典禮前，督導為我的米色西裝外套別上新鮮蘭花，還是大學生的我感覺自己像個真正的大人。此後一年，每周切割出一個下午，到敦化北路的諮商輔導中心值班，打電話給個案和他的父母，我感到體內蓄滿能量。彼時，值班室裡的廣播經常出現李玟的〈好心情〉，「有你就有好心情／像夏天吃著冰淇淋／因為想法感受都有了感應／每個眼神都變成了動力」，彷彿敘說我因成為有用的人而深深被反饋好心情。或許曾想以宗教渡我的熱情學姊們也是持這樣的初衷，甚至躲在布簾後聆聽告解的男孩，他的雀躍不只是聽到女孩的告白，還包含自己有能力替女孩消化一些抑鬱而無處訴說的哀傷。

能夠成為別人的樹洞，是多麼幸福的事。而能彼此互為樹洞，是雙倍的幸福吧我想。

不再寫信給「張老師」時，也中斷了與筆友的通信，義務「張老師」的值班工作亦剛好告一段落。外境的變化急促得好像沒時間讓我走向郵筒。畢業後繼續念研究所，緊接著進入職場，我像愛麗絲掉進樹洞，忽然來到一個東西變得忽大忽小、規準不知如何拿捏的世界。彼時不知還可以跟誰訴說這些已經超出我形容能力的事物，樹洞彷彿容納不下我所丟出的巨大物拾了。有陣子遂把想說的話都告訴電腦，再封包成一件件以日期為名的檔案，藏進樹洞般沒有聲響。

想起那位遙遠的軍校朋友，現在他是個軍官了吧，不知道他還保有寫信的習慣嗎？是否還記得許久以前曾尋獲一個樹洞般的住址，在每個想說話的日子便把自己摺疊起來交寄出去？還有那位女教師，為何她願意把我當成大人，在短暫的交會裡對我說了許多話。而今我已來到那位女教師的年紀了，我也能找到一個樹洞般的女孩嗎，而我又能像她一樣放心地把自己給投遞進去嗎？

整理電腦時，那些以日期為名的陳年檔案有如未寄出的信，欲說還休。我點開檔案讀著一封又一封過季的心事，回憶如此遙遠，我之於我卻又如此靠近。忍不住鍵出幾個字送給過去的自己。恍惚間竟聽見深井傳來一聲「咚……」，小石子丟出去般，遲來的回音。

收藏沙子的人

如果專注於某些物件便可暫且忘卻眼前苦痛，流動的思緒能因之凝滯，那麼收藏的意圖何嘗不是一種拋棄？

伊斯坦堡市井街道上有一座鐵鏽紅的三樓建物，那是土耳其作家帕穆克（Ferit Orhan Pamuk）為他的小說《純真博物館》所構築的微型世界。小說情節推進的過程中，實體博物館裡的收藏品也如火如荼跟著同步繁衍。八十三個場景呼應八十三個章節，踏進博物館的人們幾乎可藉由種種平凡的偽收藏，拼湊、投映出一樁發生在七〇年代伊斯坦堡的愛情故事。

小說男主角凱末爾在愛戀的女子芙頌成為別人的新娘後，便著魔般地蒐羅與芙頌有關的一切物品，連她抽過的菸都不放過，他一一拾起被棄置的菸蒂，日復一日竟達四千兩百一十三個之多，而這些收藏最後實現於真實世界的博物館裡。博物館名之為「純真」，是因為要紀念這份痴戀的純粹嗎？這讓「收藏」一事更具純真氣味，其中的專注、孤單和傻勁，就像費盡心思欲摘星送給所愛之人般，令人有種不捨的決絕。

我總覺得擺放在博物館裡的四千兩百一十三個菸蒂，帶有王家衛電影的奇幻感，那像《重慶森林》裡金城武執意每天買一個五月一日到期的鳳梨罐頭，一心盼望前女友在罐頭過期前回頭；又像《2046》裡的小說，人們執意搭乘列車前往一切事物都永恆不變的2046找回失去的記憶。數字還魂成有機載體，似乎可見證某種東西在生命裡的閃現。然而，有什麼東西是不會過期的？又有什麼記憶能夠倒帶重來呢？四千兩百一十三個芙頌所棄置的菸蒂，不過是四千兩百一十三個被愛情給放生的日子，如浪花拍打上岸，擱淺灘頭終歸於無。沒有什麼是永遠不會失去的，連自己的心也是。

即使失而復得，也都歷經歲月的輾壓，所有記憶都變了形、褪了色，我們所保有的不過是夾藏在書頁裡的一朵乾燥花。重現、複製或再造，彷彿被下了咒，都敵不過

「此情可待成追憶，只是當時已惘然」的時光摧折。

然而，在收藏者眼裡，層疊堆置的五月一日到期罐頭、2046所寄託的盼望，還有四千兩百一十三個愛人吻過的菸蒂，個個都是封存記憶的琥珀吧。博物館藏品意欲訴說的，會不會是透過撫觸皺縮褪色的花瓣，也能辨識曾經有過的春天？

我曾在一段情誼如風中燭火忽明忽滅之際，很警戒地在乎起訊息裡的一來一往。於是，我花了許多時間複製、貼上，拷貝對話。像帕穆克一邊發展小說情節一邊不斷把愛的見證送進博物館般，我正在為這段情造一座墳，可以陪葬的東西卻還是現在進行式。如此荒謬，這模式卻成為我後來處理珍愛物事的慣性。那是對失而復得的迷信嗎？或不願接受自己掌控不了終將逝去的一切？我寧可相信即使經過歲月的輾壓，花還是花，只是乾枯了而已。愛情死了，可是透過菸蒂便能憶起戀人的吻，是吧？

論者說狂熱收集者，會將失落的情感投射到所收藏的物品上，藉此規避失去的遺憾，從中得到虛幻的滿足。我一度以為執迷於收藏多麼不健康，後來讀了卡爾維諾（Italo Calvino）〈收藏沙子的人〉，才意識到某種程度的收藏是對生命的珍視，那是想認真活著的證明。該文述及在巴黎的奇物收藏展裡，有位專門收藏沙的人，他遊歷世界各地，離開前總不忘抓一把沙，經年累月之下家中竟收藏了數百罐各種顏色及質地的沙，「沙的收藏如一部精選的編年紀實，記錄世界經長時間侵蝕後留下的殘餘」，或許旅人再次撫觸罐中沙子時，真能感應到斯土的溫度，那麼過去的遊歷便不會被時間侵蝕，罐中沙成為他足跡的紀實。

若將生命裡各式記憶拆解、透析，或許也像沙，有屬於它的質地、色彩，不易掌握，且稍縱即逝。抓起一把放入罐中，是對這段歷程的敬重，是珍視生命曾經的存有。卡爾維諾說：「這樣的收藏只是記錄了我們莫名所以的狂熱，驅使我們不斷將流逝的個人生命，轉變為一個個從四處救回來的物件，如同我們寫日記，將持續流動的思緒凝結成一串串文字。」甚至，「收藏」的層次不僅限於保留，它還包含拋棄。如果專注於某些物件便可暫且忘卻眼前苦痛，流動的思緒能因之凝滯，那麼收藏的意圖何嘗不是一種拋棄？拋棄痛的，迎向值得狂熱與專注的，這不就是對生命的珍視，想認真活著的證明？

回顧自己的收藏，除了特定的簡訊及信件外，還有過糖果紙、各國郵票、偶像剪報、整套超商公仔……有陣子特別鍾愛蒐羅世界各地的葉子、鋁罐及玻璃瓶，所幸情隨事遷，苦心孤詣收藏過的一切，終有一天會成為過往雲煙，我的房間也因此倖免於成為資源回收場。系列性的擴充能讓人陷入一種專注與狂熱，看著這些收藏愈齊備且自足成小宇宙，彷彿自己有主宰能力可讓世界更完整。也許收藏到達極致狀態時，真可支撐起一座博物館的誕生吧。

我喜歡帶有私人品味的個性化博物館，不必有宏偉的歷史或非比尋常的來歷、價位，有故事的東西自帶迷人魅力。這類型的博物館，似也滿足人們窺探的好奇心，有時藉由窺探他人的收藏而衍生出想像，從而在心裡架構另一種生活的可能，好像也能暫且忘卻眼前苦痛，讓思緒溢出常軌，凝結在藏品所營造出來的遠方。藏品提供了具象範本，讓想像得以依附、生根，博物館超越現實地賦予我們飛的能力。

多年前曾遊覽加拿大Calgary市的Heritage Park Historical Village，這座占地○・五平方公里的巨型歷史博物村，還原複製了十九世紀加拿大西部拓荒之後的村落，公司行號、牙醫診所、藥局、雜貨店、銀行、教堂、學校、蒸氣火車站、麵包坊、飯店、富貴人家的閨房、打鐵屋，博物村裡的交通路線和建物棟距規劃有序，置身其中真像參與一場嘉年華式的家家酒，非常繽紛真實。我幾乎可以耗上一天又一天，仔細觀看每棟住家或店面裡的每一項布置，循著動線左拐右轉、認真揣摩住進這裡的感覺。這大概是為什麼逛IKEA之類的家私賣場，容易被引逗得墜入成家的陷阱。它藉由空間布置提供家屋的夢幻樣貌，殊不知那些裝飾性的、打不開的抽屜，薄如門片的衣櫃，還有乾淨整齊的擺設，都像觀賞用的樣品屋，可遠觀不可褻玩，幸福充其量是包裝出來的產物。成家後終究會發現，生活裡充滿擁擠，幸福的坪數被現實壓縮得十分窄仄。唯有想像帶來寬敞，讓人自由。無怪乎莊子的千里大鯤，時而可化為翅翼若垂天之雲的鵬鳥，周慕雲在創作2046時要說小說世界令人隨心所欲。在純真的想像世界裡，沒有什麼須受限於時空的束縛，當然也就不會有什麼東西只能在生命中閃瞬即逝，許多事可以是永恆的，不會過期、生鏽，倒帶幾次都可以，幸福非常寬闊。

只不過，我們活在現實裡。

記憶之沙從未停止自指間流逝的速度，我的腳步也不斷向前走不論自願與否，那些我收藏過的物品包含一則則簡訊，日後其實已難再有心思回顧。然而，我還是會繼續收藏，還是會繼續窺看他者的收藏。也許在收藏的當下，我已完成對這段記憶的珍視，而「收藏」也完成了它對我的救贖。在潛心蒐羅的彼刻，我們各自成就，圓滿了拋棄的意圖。

衣戀

愛美，其實是愛那個理想中的自己。曾經對了而後不對了的衣物，何罪之有

不忍心丟掉的衣物太多了，曾經很喜歡一件秋香木色澤的合成皮衣外套，在購入後不到一年，右肩處就因為禁不起肩背包包的壓磨，竟活生生地裂開了。

皮衣遂處於一種可遠觀不可褻玩、可丟可不丟的尷尬臨界點——皮革剝裂如掉漆，牆面水泥本色都露出來了，更窘迫的也許是壁癌般自肩線處不斷散落皮屑的剎那——萍水相逢的人看了也許莞爾無妨，熟人見了卻極可能陷入說與不說的兩難。

把皮衣掛在衣架上反覆端詳，打算在異地旅行拍個照之後，就正式告別，任它浪

跡天涯吧。未料旅途中屢屢在棄置它之後又撿回來，總覺得等下坐車會冷，或者從身子左側看去也還算完整，有時甚至說服自己破衣還挺有風格的。丟與不丟猶豫不決，踅了一圈，它又跟著坐飛機回家了。

說到底，還是念舊、學不會瀟灑。我像是患了某種囤物癖或是收藏控，經常算不清我到底擁有幾件衣物？或說，長久以來到底有多少衣物俘虜了我。

我把很大部分的薪資都餵養給這滿山的衣物了。友人戲稱我全年不撞衫，倒也中肯。平日上班、偶爾的餐聚、慶祝一下自己完成了什麼、或者就只是經過店面，都可能誘發動機，於是我總有足夠的理由，闖進販售衣物的毒窟，餵養不買手癢的癮頭。

櫃姐不必甜言，我已練就一種獨到，彷彿吃角子老虎機深植腦海裡，一個數字七出現，機檯畫面便迅疾自動繞轉，關於場合、鞋子或包包的配對，答答答答答噹，確認與家中衣物元件至少一組速配，新衣便可下手入袋，錢就這樣嘩啦啦啦的掉出來奉送給櫃姐。

而那些試穿時，在穿衣鏡前左看右看猶豫不決的，只消櫃姐過來親暱地為我整理衣領、拉好裙角，打上一劑強心針：「這衣服就是要妳這樣的身形穿才好看。」接著乘勝追擊附在我耳邊告密般：「全省只剩最後一件，要斷貨囉。」頓時，身上的衣物彷彿貼上我的名姓，熱切而嬌嗔地喊著：「我是妳的了，快快帶我回家。」錢就這樣，再度嘩啦啦啦掉出來奉送給櫃姐。

某次動身前往百貨周年慶，著一身寬鬆連身長裙，自覺既方便行動又可遮掩日漸發達的馬鞍肉。周旋一番，最後看上一款套裝衣褲，櫃姐俐落地脫下麻豆的上衣給我，又跑進倉庫裡翻翻找找，我感到狐疑，麻豆的短褲不能脫嗎？塑膠白的上身光溜溜地都可以了。好不容易，她從倉庫出來，開心地跑向我說M還有一件喔！我這才發現從麻豆身上脫下來的上衣是S，而她的目測結論是我有S身，M屁股。

待我試穿出來，我倆端詳一會兒全身鏡，彼此沉默。

她又迅即走向麻豆，脫了它的S褲，遞給我。結帳時，櫃姐終於忍不住指著我穿來的一身寬鬆連身長裙說：「妳這身森林系的穿法，會讓妳有五五身的精靈感喔。」

啊，我一下子就明白她的委婉，想不到我愈想遮掩愈弄巧成拙，寬鬆的裙襬反而放大我下身的既視感，不但無端讓自己看起來假性胖，還誤導了櫃姐目測的精準度。回到家馬上淘汰這件沒穿幾次，也還好沒穿幾次的森林系精靈感衣裙。她真是衣界的周夢蝶，在賣衣服中隱藏某種透視人身的哲理。

以前，母親總愛說佛要金裝人要衣裝，我謹記著這個鐵則，在還沒有經濟能力的年紀很自然地都由她的眼光來打理我的穿扮。試衣間走出來，從她那斟酌的眼神，我揣測著自己能不能駕馭這身樣式。有時，愈是渴望他人的認同，往身上堆疊的期待就愈沉，該怎麼做該怎麼走，塑膠人偶般被拆手拆腳然後套上一件又一件我應該展示的衣物。

母親帶我進入愛美的世界，然而她沒說，世界的邊際那麼大，而她的氣力那樣有限。離家後，我終究得學會打理自己的形狀。長久周旋於各種說詞，我好像明白「人要衣裝」的道理，但什麼樣的「人」該用什麼樣的「衣」來裝，我始終帶著疑惑。倒是，在開放式問題獲得漂亮解答以前，我先學會了以封閉式的不要，來避免人生出差錯。

像是一向提防衣物上的外國字，就怕不懂那些西班牙文或拉丁字而鬧出什麼笑話來。聽說有些人喜歡把官位、高階職等往身上攬，所以那些衣服上有關president、king、police很威的詞彙在胸前一列，也算壯闊。人們泰半是在自己的世界裡有感吧，那些威不威的事、崇高與否的頭銜，在他人眼裡或許會有不一樣的解讀。曾在某個夜市撞見一位挺拔的西方臉孔，可是我一直猶豫他到底懂不懂中文，懂不懂衣服上面那個官其實不算是個官，因為他的T恤正面印著大大的兩個字叫「宦官」。

嬉皮些的上衣、垮褲我也穿，但那些bad、evil之類耍壞頹廢的字眼我依然提防，曾經在觀光區見識過一位外籍遊客穿著八成是在本地採買的T恤，背面尾隨著一個「賤」字，實在太怵目驚心，比起其他上衣不明究理印一個「雞」字，更令人不忍卒睹。這麼說來，動物字眼諸如tiger、eagle、dragon、whale印在衣服上感覺巨大威猛，但看在老外眼裡難不成話裡有話，簡而言之就是會鬧笑話？不禁直打哆嗦。

學生時期的班服、系服，世代相傳般總會印著英文排列的系名或口號，但那不是外國字，那是一組青春密碼，彷彿輕聲一念，就能進入記憶的甬道。很年輕的時候，出自本然對這個團體的認同，每個階段都會購入各種典型帽T或排汗衫，路上的偶遇不會有撞衫的困窘，衣物上一列英文字反倒幫助失落的一角，找到屬於自己的圈圈。

年復一年從衣物款式、櫃姐的說詞和難得靜靜看著鏡子裡的自己，慢慢意識到自己身形的變化。班服、系服那樣乾淨簡單的樣板，已經不再適合現下的自己。青春時的穿搭習慣合身，純粹就是覺得好看，非關展露曲線，因為從未想過沒有曲線這種事。網路上好看又便宜的，下訂就送到家，五分埔公館師大夜市那樣隨意試穿只要價錢可以就下手。年輕時有的是本錢，長大後慶幸還能靠金錢，終有一天金錢再也撐不起這副孱弱身子，大概就是肉身功德圓滿、合該壽終正寢的時候吧。

在那天到來以前，我還是慣於購入滿山衣物，倒也不是為了能夠日日展演不同風情，實則剛入手的衣物一進家門，就會被小心翼翼地攤在床上，仔細剪去吊牌，穿上衣架放鬆摺痕，接著魚貫進入衣櫃，彷彿只是換了一個藏身處，衣物並沒有因為被買下的榮寵而立即走上伸展台。這樣的擱置，或許真是出於還不夠瀟灑，總覺得必須要熟悉這些衣物的氣味或溫度，穿起來才自在。結果，經常放到換季或下了令人悔不當初的折扣，才驚覺沉澱太久了，然而下一回合依然執迷不悟、重蹈覆轍。

我沉溺於整理那些衣物，想像我曾經愛戀哪一種款式，曾經如此喜歡展露哪一處軀殼，記憶的魂魄附著在衣物纖維裡，每件衣服都是一顆寶貴的時空膠囊。有時忽然想起某某時刻穿過的那件洋裝還在嗎？諸如此類，為了留住某個記憶憑藉，過分執著在尋找失去的，也就忘記衣櫥顯眼處還有更多適合現下的款式。也曾經買了幾件夢想，卻苦於沒有適當的場合穿，或者褪了流行，那些曾備受榮寵的種種只能帶著過氣的尊貴占據衣櫥一隅。

於是，只得偶爾在家裡穿上，跑到大門外電梯前，對著鏡面門板反射的一身美麗但不合時宜的衣著顧影自憐起來。如果說醉酒而裸形於屋中的劉伶，可以對識之者言：「我以天地為棟宇，屋室為褌衣。」那麼經常沉迷於這些身外衣物的我，是不是也可以說「我以屋子為衣櫃，電梯門為穿衣鏡」？

有時想想，是不是也該騰出空間，迎接新的衣服，像是清空記憶卡，才有儲存新檔案的可能。有陣子，很喜歡彭佳慧〈大齡女子〉（Darling）那首歌，裡面一句：「櫃子裡的那一件／最美的衣服／它還在等　是否有人在乎……」彷彿是我那些被打入冷宮的衣物的心聲。然而每每決心整理，又覺食之無味棄之可惜，捨與不捨之間，有種不痛快的矛盾。然後慢慢明白，有些人不會給你祝福或關注，或許是他們心裡也有一些苦吧，像是這些被遺忘的衣物，她們的主人（或者根本是奴隸）心裡的苦正是，自己不夠完美，時機總是不對。我忽略了你的存在，更多時候是想忽略自己的難堪。

愛美，其實是愛那個理想中的自己。曾經對了而後不對了的衣物，何罪之有，無非是自己已經不再是當初那個理想的自己，被封存的衣物就是照妖鏡，好像擁腫的不堪只要避免與之照面，就可以藏起原形，眼不見為淨。曾為伊人剝去一層層衣物，把武裝都卸除了以後，那是把一顆心都交了出去，伊人不會知道那些看似你情我願的背後，內心有多少拉扯和膠著，當然也就不會因為我曾努力過什麼而多施予我一些恩惠，許多事都是結束了就結束了，犯了錯一下子之前做對的事都會跟著船過水無痕。而後，我又層層裹住自己，躲進衣櫃，回到繭居的狀態。偶爾探出頭來透透氣，自個兒在穿衣鏡前檢討起哪裡過氣哪裡不對勁。

世界是別人的形狀，連一身剪裁都要按照別人的樣板走。卸下妝容衣飾，可能就是赤條條的塑膠白身人偶，依然與眾身一個樣，可是總覺得哪裡應該不一樣。說到底，心裡還是懷抱著一種奇異恩典，那是在裸身以對，素顏以對之後，還能夠彼此真心以對。

無法真心以對的，恐怕還是自己的心。總以為必須先做對了什麼，才值得擁有怎樣的對待。沉甸甸地謹守慣性，一直在下墜。

很久以前，港星蕭芳芳因演出電影《女人四十》而封后，在上台受獎時披肩不聽使喚地一直落下，她忽然一句「女人過了四十，什麼都會往下掉」贏得滿堂彩（喔還認得蕭芳芳的人想必都到了往下掉的年紀了），我忘了她的得獎感言說了什麼，只覺得能夠這樣瀟灑、穩妥地接住自己的重量，真好。

整座城都是我的更衣室

我將看見全身鏡映射出大隱朝市的自己，一雙手決定這裡的秩序

據說，比爾蓋茲在西雅圖有座名為「世外桃源2.0（Xanadu 2.0）」的豪宅，占地近兩千坪隔絕了塵囂，燈光室溫音樂隨人行跡因地制宜，碼頭遊艇、劇院、球場、健身房、宴會廳、穹頂圖書館、大型停車場……食衣住行育樂一應俱足，還有數十個通往柳暗花明又一村的房門。於此間一呼一吸，堪稱生活在天堂，居家即度假。

這樣的家，我也是有的。然不必費神規劃，毋須整修維護，遑論年年上繳百萬美元稅金。

二〇〇八年夏天，當新竹巨城（Big City）還是風城購物中心的時候，我進駐了現在的居所。買房、裝潢前，對臥室的想像是：必然要內蘊一座專屬於我的更衣室。拉門隔出的一方空間裡，除了功能齊全的梳妝台，尚有足夠的吊掛衣桿和層板，供四季服飾一字排開，各式包、帽能鬆開筋骨棲身安住。櫥櫃中島有九宮格抽屜，腰帶、圍巾、貼身衣物均各就其位。即使燈光柔軟，繁複衣飾仍無所遁形。我立在中央恍若指揮家，任由水氧機間歇吐出的氤氳粒子亦步亦趨，貼身助理般隨我在密室裡穿梭漫舞。我將看見全身鏡映射出大隱朝市的自己，一雙手決定這裡的秩序。

更衣室的夢想究竟有沒有成真？

沒有，也算有。

市中心的小資家屋，難有夢幻空間的立足之地。然能與占地萬餘坪、號稱北台灣最大購物中心的巨城為鄰，我便擁有一條隱形通道前往室外桃源——人道是我家後廚房，於我實為一處巨型更衣室。

沒有上班的日常，有時是這樣的：在巨城健身房汗水淋漓後，平行移動到同樓層的美體中心來個精油芳療。偶爾停在服飾專櫃的穿衣鏡前，比劃幾件剛上市的新裝，腦中同步構織著該配哪雙鞋，什麼場合可以穿。隨手扶梯繞去誠品看看書，想擁有的就入手。末了往美食街報到。離開時，四肢筋膜舒放、胃袋暖呼呼的，步伐似又更輕盈了些。幾乎忘卻最初踏進來的那副，灰撲撲的沉重的肉身。

這裡始終待你如上賓，推開大扇玻璃門，視野所及是袒露光潔內裡的挑高空間，一呼一吸都被安穩地包覆在均一配光帶來的亮度平衡裡。儘管外面風吹得猛、暑氣蒸鬱，裡頭的廣播永遠行禮如儀、空調四季如一，像一只旋律乾淨的水晶球音樂盒，兀自運轉，靜謐隔絕。

於是需要擁抱的時候，便慣於把自己放進水晶球裡，隱入更衣室般，卸除對外的武裝。這裡有人為我挑選合適的衣裳、遞上我喜歡的書，定期為我修眉、護膚，將圍巾、香水、包包仔細放入禮物盒繫上蝴蝶結；肚子餓了，隨時有人煮上一碗熱騰騰的麵；甚可放心把肉身交付對方，來一堂芳香舒療，讓內衣櫃姐伸手掏撈挪移胸前漸次走位的肉，被重訓教練糾正施力錯誤的姿勢。每每在咖啡館桌上、美容室或影城裡能量飽滿地醒來，都有種進入睡眠艙的錯覺，彷彿我是專程來買一場睡眠的。此間有我的一席之地，走出大門又能再度展示光鮮的自己，感覺身心很輕，在對方眼裡的分量很重。

我不斷在人我關係裡經驗失落，意識到自己的微渺，從而學會懸崖勒馬抑制熱情，警告自己掏心掏肺可是會要命的。這背後存在一個認知是：我是之一，而非唯一，我不必然是不可替代的存在。這樣的歸因並非天生，那是在一些緊密互動中屢屢發現過度投入的自己不過是個局外人，隨之匯流而成的結論。

諸如，對方陷溺時，你想當個稱職浮木，儘管不諳水性，仍執意把自己往水裡拋，而其實他的呼喊已引來浮木四起，你並非唯一。

過度投入只是愈發顯露自己的困窘，我們遠不及那些輕易付出便能俐落發揮力量的人。甚少人能領會窮人的一百塊，其心意並不比富人的一百萬廉價。然而，在速效名利的場子裡，誰會關注「心意」這檔事呢？

雖說「不要孤注一擲」、「別把雞蛋都放在同一籃子裡」乃適者必然習得的生存法則，然能夠成為他人的唯一，為之傾力付出自己的全部，多麼浪漫。

而或許殘酷的人生實相，其一便是逼視現實交易裡浪漫的可能。

我曾在生日當周，拿著巨城幾個櫃位寄來的邀請函或兌換券，臨櫃輪番接受祝福，領取滿袋子不是那麼實用的小禮物。我大方、開心地收下每一聲熱烈的「生日快樂！」轉身彼此相忘於江湖。即便蠟燭燃了幾秒便熄滅，火花太虛幻，但毋須顧慮回禮，免去繁縟言談，倒也自在。

人們說這是互市買賣各取所需，別傻了，不要鎮日往在商言商的地方取暖去。然而，為什麼不呢？我想起無厘頭港劇《絕世好賓》的一幕，保鑣劉青雲力勸富家千金梁詠琪別再跟那些牌友往來了，揭穿她們不是真心來交朋友的，「她們合夥騙妳的錢」，梁詠琪不願認清事實地回嘴：「怎麼說她們也陪我玩到天亮，為的是開心嘛……多值。」銀貨兩訖般，花錢買友誼。荒唐劇本搏君一笑。只是，一句「多值」詰問得人啞口無言。

在努力不一定有收穫的世間，難得有些付出可得到等價的回報，就算心意被拿來論斤秤兩，也比一去不復返來得可喜。雖說還是有人要抗議這是商業技倆，某些買賣不划算，然我們不也都明白，許多事物難以對價甚至千金難買，比方快樂、平靜，比方被包容、被看見。只消付費，就可成為對方的VIP，甚且是VVIP、SVIP……能被捧在手心，多值。

每當被微不足道的自己給壓迫得無處藏身，更衣室般靜謐隔絕的巨城便極具召喚力，彷佛對我張開雙手，隨時可渡我至私密而浩瀚的遠方。巴舍拉（Gaston Bachelard）在《空間詩學》裡曾說：「浩瀚感就在我們自身體內。它與一種存有的擴張狀態緊密關聯，這種狀態總被生活所箝制，被謹小慎微所侷限，但是當我們孤獨一人時，它又再度復甦。」於是我們需要孤獨，需要一座私密的更衣室，在這裡我們得以復甦浩瀚的自己。這麼說來，巨城的「巨（big）」或可解為更無邊際的「浩瀚（immensity）」，這座城儼然是浩瀚自我的投射，走進巨城便是我如何走向我自己的象徵。循著彷佛若有光的廊道，沿途接受繽紛而輕盈的關注，這偌大空間展現了欲引領孤單靈魂達致豁然開朗之境的誠意。

所以，為什麼不呢？如果我將努力工作所得贈予這座城，這座城便熱烈回報以平靜、包容或者愛，他讓我看見我自己，我有什麼理由不鎮日往他懷裡去？

近幾年，巨城周邊的三民路隆恩圳一帶，生出好幾處異國情調或文青氣息濃厚的小店，理髮、餐飲、咖啡、甜點、服飾彷彿從巨城裡蔓延至城外，這使得我的更衣室版圖又更向外擴張了些。也許真有那麼一天，任一扇門開啟都是柳暗花明又一村，整座竹塹城都將成為我的更衣室。

走進更衣室，我要換上國王的新衣，接受如夢似幻的祝福。快樂，多麼浩瀚，多麼不可名狀。在水晶球音樂盒般的孤獨國裡，我是「現在」的臣僕，也是帝皇。

越界

這讓我更敬重一些人護持界線的心意，在固守疆域、迴避越界的同時，那會不會也是對彼此關係的珍視

多年前到峇厘島度假，導遊耳提面命摸小孩的頭是個禁忌，若不聽勸被白眼可別回來找他取暖。在他們的信仰裡，頭部是神靈駐留之處，外人碰不得。除卻宗教因素，總覺摸頭是親暱的表徵，人類頭皮毛囊根部的感覺神經元是很敏銳的，在彼此關係尚未到位時就隨意輕撫、摩挲，觸覺傳達出的訊息非但不是友善，反倒像侵犯。

令人感受侵犯的又何止摸頭，身體髮膚均如是。諸如處於一方交通工具裡，隔壁陌生人豪氣的大腿或手肘越過我倆座位隱形中線，前面乘客將座椅往後壓到底，或後

座膝蓋如一把槍抵住腦門般透過椅背頂著前座的我，凡此均迫使空間限縮，身軀隨之摺疊再摺疊，理智斷線就在一念間。還有初次見面冷不防就被盯著五官評論起面相，甚且扭開掌心細數感情、年壽與命運，有時是愈說就愈靠近，彷彿肢體臉孔內建著聽說系統，必得傾注全力貼近我方才能確切放送他自己。某些貼身用品的出借也在挑戰敏感神經極限，朋友曾將珍愛的筆借給旁人簽字，歸還後筆桿上的餘溫卻讓他心疼起筆的純潔，這麼說好像稍稍能解釋每當服務生俐落地取走我的手機，好意幫忙操作app時，我心裡隱隱滋生的那種不適。更別說，曾被央求借用過的粉撲、手巾、睫毛刷，這些物品沾染他者氣息後便形同易了主，即便完璧歸趙仍讓人不得不對她們忍痛說再見。

環境心理學說人與人間的安全距離約為方圓一公尺以上，待在範圍內便如置身防護罩。也許筆、手機、粉撲、手巾、睫毛刷和座位，都是自我疆界的延伸，每一個未經特許的碰觸，都像硬闖安全線、扒開他人防護罩那樣殘忍粗暴。

愛德華．霍爾（Edward Twitchell Hall）的空間關係學，更明確把「社交區域」界定在一百二十二～兩百一十公分之間，你我無涉者，請讓出二公尺鴻溝；即便友誼關係，也請允許我有一公尺的舒適。所以自小學伊始，共用一張課桌的兩人會劃定楚河漢界，你我不相犯原是人性，從小我們便懂得順從直覺捍衛地盤；幸好時代進化，現在學生一人一桌，一邊一國般暫且守住了疆域。倒是在圖書館閱覽區，仍常見一些人左邊座位放個背包，右邊擺一件外套，頗有對柱撒尿、劃地為界的意味。令人想劃地為界的，還有帶著窒息感的關注，如迎面而來非常用力的招呼，交淺言深般挽手搭肩，或隨時想幫忙提包包、搬重物，問候吃飽了沒要不要買午餐，晨昏定省可是我們並非摯友親子或愛人。對習慣自由的人來說，有些悲傷與快樂自己消化就好，不需時時有人執子之手，熱烈而憐憫地說：你還好嗎？最近很忙喔？你看起來好累啊。一定要多休息喔。

大疫年代，人們警戒著愛有多深，距離就有多遠。我們是不是也可對越界的一切如是表態呢？然拒絕對方太傷感情，不明講受苦的是自己，只能躲躲藏藏你進我退，像硬被拉著跳一支不愉快的雙人舞，對方專心舞步，自己則滿腦子想著伴舞音樂什麼時候會結束。

界線之拿捏真如跳一支雙人舞，進退得宜就成曼妙舞步，彼此往來舒適。若生澀初學，只要亦步亦趨，尚可相安無事。怕是搶拍壞了節奏，重心不穩左踩右踏，一再侵犯界線，再親密的舞伴都難以承受。更難為的是，界線因人因事因地隨時變換軌跡，難以有化約的要訣或節奏。

偏偏界線與越界像是力學關係，成對出現、角力拉扯又互為彼此。如同反作用效應，有圍牆就有翻牆，有教條就有反抗，該有界線時我們會試探，或者根本摸不清什麼叫底線，以為情誼穩固了，就可以沒有保留。多數時候我們不善於處理界線，常在越界代價一一浮現後，才驚覺失態。比如隱私、說話尺度、身體自主的邊界，當不清楚「我真的只能這樣」，而對方也不知道什麼時候會踩到地雷，彼此關係，就在某個不經意的午後，忽然引爆。一切就回不去了。

無論關係多親近，人與人間或許都存在著一條護城河吧。誰敢越雷池，我城便拉警報，甚者攻防輪替，就算追究出誰先越誰的界，整個態勢已難善了。霍華・蘇伯

（Howard Suber）《電影的魔力》曾分析劇本裡的「愛情」，他說：「當兩個人彼此豐富對方的生命，我們稱之為『愛情故事』；但是當雙方想要毀滅對方，就成了『戰爭故事』。」世間眾多互動簡化後不也如此。互饋是善緣，你丟汽油彈我報之以炸藥就真的是戰爭，惡的循環讓越界代價如雪球愈滾愈大得無以復加。消極如我總覺得各自為政甚或迴避，無有互動也許就不會越界了。況且獨舞有獨舞的美，孤身隻影何來踩線的顧忌。

後來讀了柯慈（John Maxwell Coetzee）的小說《屈辱》，方知孤身隻影也有身不由己時，不是各自為政或迴避就能免除越界的可能。甚至一再應允「被越界」，也許都存在著超乎線性思維的不得不。

小說主角是離了婚在愛欲中浮沉的中年教授大衛，因與女學生不倫而被逐出校園，後又目睹自己的同性戀女兒露西被三個黑人輪暴。然露西不僅原諒了暴徒，還決心撫養強暴受孕的小孩，願意嫁給曾是她的長工，且可能涉嫌施害於她的黑人鄰居，成為他的姨太太，甚至放棄產權成為佃農，妥協的原因是為了保有現在的寧靜及農莊。

故事情節處處諷喻新南非在種族隔離政策取消後所併發的問題，包含性犯罪、土地所有權爭執，和以暴制暴的風氣。在偏鄉經營農場的露西，顯然是影射歐洲殖民主義。黑人從長期受欺壓的殖民時代翻身，得以分配社會資源和財富。然而，殖民創傷依然深烙，主權易位並未帶來種族融合，隱隱約約不同種族間的冤冤相報和隨之而來的屈辱，彷彿都在昭示越界的代價。

與其說落敗者只能屈服或逃離，否則無法化解一場場劫難，我更願相信是露西選擇了不平等交易，只為換回個人安全距離。所以露西在事發後對大衛說：「這會不會是留在這裡所必須付出的代價？」

殖民即是越界，它違反意願強硬地突破界線，踏入對方領域。農場事件便投射出報應式的情勢翻轉。露西受害，似意味著以白人女性身分去償還父親罪債，受過傷的歷史正從後代子孫身上討回公道。如果血脈相連是災難的延續，那此生要面對的課題，就是與生俱來的原罪嗎？而我種下的惡果，何以不是自身來承擔，對後世輪迴的教訓又是何苦來哉？戲劇裡壞人終會罪有應得的橋段，即使遲來，正義降臨的那一刻至少令人痛快。但現實令人氣結的往往是：不是不報，時候未到。世界似乎以一種奇怪的邏輯運作著，可是冥冥中又自有某種定數。

小說裡關於衝突、侵犯、受辱、讓步及妥協間的角力，幾近群魔亂舞，難以釐清因果。怪不得無論我們如何認同非裔美籍詩人瓦希德（Nayyirah Waheed）所言：「說『不』也許會惹惱他人，卻能讓自己感到自在。」故事（或者現實）最終仍選擇走向非線性發展。

在女學生之前，大衛曾固定每周四午後與兼職妓女索拉雅雲雨，當他想進一步窺探她的私生活，卻使索拉雅自他的世界中消失。除卻對殖民侵略者的隱喻，這似也告誡著硬闖禁地的下場——無論存心與否，一旦越界，代價可能就是關係的終結。

這令人不得不戒備越界的撫觸、探問或窺視，情感關係也好，手牽手的友誼也好，或是關切示好的種種，不單是喜不喜歡，而是「一定要這樣嗎」的疑惑。面對世間各式規範，會不會人人都曾經是「大衛」？有意無意不斷踩線，為此招致接連屈辱，卻只能無言以對。那麼，因越界而付出的代價之所以能產生壓倒性的制衡，大抵真出於我們的內裡對自尊還有道底線吧。

面對「被越界」有時也是無言以對的。無言的本質是無奈、抑或有比界線更無法割捨、放下的事物。我總是想起露西。還有我的父親。

我曾不只一次問過父親關於南部土地的事。那是許久以前阿公留給下一代的資產，曾經父親與叔伯們均分持有，而後界線模糊被鄰人占去了部分，父親因早早離鄉便漸次讓出土地權狀給弟兄。後來他用退休金在母親彰化娘家附近買了一塊地，蓋好農舍後露出欣慰的笑容：「我把恁阿公給我的土地又買回來了。」每每看他載著整車農產回南部分予親戚，又裝滿一車不同的農產回來，交換禮物般時常有驚喜，我才慢慢明白在父親心裡有些東西比界線更需要珍視，自己的領地也可能以另一種方式存在。

這讓我更敬重一些人護持界線的心意，在固守疆域、迴避越界的同時，那會不會也是對彼此關係的珍視。林婉瑜〈開始〉一詩最後是這樣的：「我害怕／從身體開始的／也會／從身體結束。」所以相處時，能不能先來點其他的，除了試探間距、踏進未受邀的領地。也許害怕越界的開始，是因為捨不得從這裡結束。

拉環

鋁罐是身，拉環是她的心，
為他溢出的水不是水，是受
了傷的組織液

我遞給她超商便當附贈的汽水。女孩剝開鋁罐拉環，啵的一聲溢出氣泡來。

他說把妳為我流的蜜拍過來。快，現在，去。

女孩禁不住要求一再傳送照片，傳了又羞於自己的行為。然而，鏡頭對準身體時，理智迷惘不會是瞬間，對焦、擺拍、儲存、挑選、送出，每個動作都是一次起心動念，任一步驟沒了就真的沒事了。只是回應聲聲催促，應允愛的求索，早已成制約，路見飢渴災民般不忍無視。於是一而再再而三，多少個日子，一步步從頭至尾，從外到內，從覆著衣物的軀體，到交付全然肉身，全然的愛。

他再次無預警疏遠前，又向她要全了身體。

「我忍不住懷疑他手機到底收集了多少女生……」女孩抽噎著。想像一個個資料夾編滿了代號，各種型態的乳房、私處、大腿、臀部、腰線、頸子還有脣齒和眼珠，全部全部，都以分切的檔案儲存著，令人不得不顫慄地聯想起分屍兇手及那些他錯愛過的殘缺女體。

在恩愛時，張愛玲喜歡撫著胡蘭成的眉毛，說：「你的眉毛。」又摸摸眼睛，說：「你的眼睛。」接著摸摸嘴脣，說：「你的嘴。你嘴角這裡的渦我喜歡。」咒語般彷彿念誦一次就能封印起愛人的所有，滿心歡喜你情我願。他也念咒，以下令的方式，用檔案夾收集戰利品。情不情願她還不太懂，只知道對方需要就該給，愛是恆久忍耐又有恩慈，〈愛的真諦〉這樣唱的不是嗎。但，她忘了歌詞還有一句：愛是不做害羞的事。

一些偶像劇裡，男主順手把鋁罐拉環當成戒指，單膝跪下背後一片燈海，從拉環洞口望去的世界多麼明亮。女孩被套牢了沒能從銀幕裡的故事走出來，下一步該怎麼辦茫茫然看不到盡頭。眼前的她反覆逗弄著拉環，除了剛開始禮貌性啜一口汽水，再沒動過鋁罐。電話那頭打給輔導室的分機尚未接通，我一邊揉著裝過御便當的網狀提袋，腦裡卻跑馬燈似地速寫了這幾行字：「他教你張開所有的洞／所有所有的／以包覆世界的慎重／加熱過度放了進來／又迅即離去／你空洞洞的／蟲蛀一樣／每個孔都是血都很痛。」透支的女孩也像這副網袋，杵在座位怯怯垂首，黯然皺縮。

尚未占有的關係啊或許就如密封鋁罐，任誰在炙熱焦渴時都亟需補給，連依附在瓶外遇冷液化的水珠都珍貴得可拿來貼臉降溫。一旦掰開拉環喝乾抹淨，解渴後便隨手一丟。鋁罐是身，拉環是她的心，為他溢出的水不是水，是受了傷的組織液。

然後慢慢明白，毀滅一個人也許是容易的。先狠狠愛上她，一塊肉一塊肉地剝削她，形體消散了液體都放乾，再無聲無息棄置她。一切矇眼聽水如滴血，如凌遲。

午休鐘聲響起，女孩轉身離去。方才的拉環伴著網袋遺留在桌面，我撕開便當封膜，失溫的料理已誘發不了食欲。

合金

怎奈，珍珠是蚌殼的眼淚。恆久刺激，一再吐納包覆，此後她不斷孕育出廉價的眼淚

醫師說她的狀況像一塊黃金，不是大便那種。

雖然如此，她覺得自己的處境就是帶著毒素應該被排放卻賴在別人體內不走，跟宿便沒兩樣。醫師說包括這樣的想法都容易讓人處於一種愈發艱險的慢性中毒裡——尾生抱柱般拘執信念，任何不對勁都要說服自己去適應——於是充分發揮延展性把自己打磨成半透光、幾乎是一捏就碎掉了的金箔，是一縷拉扯千尺早已失去原貌的金絲。

以前在課本裡學到的黃金，是質地柔軟、密度高、延展性極佳的金屬，因為太過柔軟了，必須與其他金屬製成合金來增加硬度。她總搞不懂「金是過渡金屬」的意思。倒是，醫師說得對。她是黃金，經常要倚賴外界來合成自己的樣子，是他人情感裡的過度。

我不需跟妳交代行蹤，我就是愛自由。拜託妳可愛一點好不好。我高興自然就會對妳好，我不喜歡被要求。說，說妳是我的，喜歡被我從後面上。為什麼收回訊息，為什麼不接電話，為什麼又躲起來。哭什麼哭，一早就哭衰喔。不滿意的話，就走啊。滾愈遠愈好。

對不起。我會改進的。別說這種話好嗎。想要你抱抱我。今天你都好嗎。已讀。

「妳確定還不設停損點嗎？」

會不會我又做錯事了，不該踩線，不應詢問他要去哪裡怎麼都沒消息。他事情多交際忙我該體諒，要珍惜能見面的時光，生命這麼短，能不衝突就不衝突。她的語氣短促近乎喃喃。

「妳姿態低到價值觀出現混淆了。」醫師皺一下眉頭，然後攤開客觀條件說了，論斤秤兩妳是保值的，質地美好如黃金，對情人則是柔軟耐侵蝕。可惜了，受虐體質般硬要飛蛾撲火，證明自己真金不怕火煉。

然而愛，不就是包容嗎？任何尖銳都得學著去包覆，蚌殼含納粗礪一樣，堅持下去就有珍珠。怎奈，珍珠是蚌殼的眼淚。恆久刺激，一再吐納包覆，此後她不斷孕育出廉價的眼淚。

她彷彿意識到痛覺。醫師說好極了，比上次進步。

「妳知道鑽石吧，高溫高壓下的環境，也適於生成天然礦物中質地最硬的鑽石，愈經切割打磨，愈加璀璨光輝。」保有稜角和堅硬還能被珍視著多好，自帶光芒、女王般天生閃亮，舞台上一束鎂光燈。她想。我不要是一捏就碎掉了的金箔、拉扯到變形的金絲，我不該是眼淚幻化的珍珠。

「對，做一顆鑽石被捧在手心吧。」醫師側身敲打鍵盤。如果黃金肉身已長成合金，那會是通往鑽石的介質嗎？歷經鎔合、冷凝及錘鍊後的合金會不會更強韌，自身也能散發鑽石光？她傾身向前想知道答案。

「這得看妳生成怎樣的合金。」彷彿一道曙光直探內裡。

「那我可以怎麼做？」

「先好好睡一覺，才有力氣離析成分、慢慢切割出漂亮的反射面。」櫃檯遞給她普憂寧和樂立靜的藥單，交代兩周後再來。

輯二

病房

啞光

光與影、說與聽，互為表裡又相依制衡。學著辨識、平衡和站穩，好像也成了艱難的功課

十多年來，住家牆面一直維持著十九世紀末倫敦天空的樣子，霧灰且布滿燃煤粒子。那是當初室內設計師堅持的選色，他慢悠悠指著色卡，食指流利地停在草寫字母「foggy gray」上。飽滿的霧灰色啊，直覺就令人聯想到大英帝國維多利亞時代的迷濛煙霾，因此，乍看下容易誤讀成青蛙霧的foggy gray，還不如換成London smog口音更為朦朧典雅。

只是，典雅不比專業靠譜，當室內設計師信心滿滿地選了霧灰色說：「你家適合

這個。」就像醫生判斷了你該服什麼藥，如果不遵循病不會好可不要怪我，信誓旦旦。我便糊里糊塗卻又故作爽利地點頭說聲好。

光線充足理應讓人感到安全而卸下防備，幽暗處則會帶來陰鬱與負擔。統計數字就指出許多長年照不到陽光的國度，憂鬱、自殺比例均偏高。我沒有詢問設計師為何違背學理，營構出哀傷的氛圍？反而認同裝潢後，將幾幀黑白照片嵌進銀色金屬邊框裡，掛在霧灰牆面，拉緊窗簾瞬間昏天暗地，色調比外頭的藍天還要令人安心。

家中客廳的兩面牆原本鑲著大片玻璃窗，一邊面向中庭，另一邊近看有綠帶，平視遠方則是山，當初房仲口沫橫飛地讚歎景觀有多好。不過，設計師為窗戶選了古銅色不透光窗簾內襯一層薄紗，只消全面闔上，即使是熾烈白天，也能營造出電影院或酒吧的錯覺。

設計師滔滔解釋啞光漆耐髒不眩光，灰色是順從的顏色很萬用，尤其霧灰啞光牆面適合搭配間接光源，層板燈或暈黃都可帶來質感及安全。如果業主更大膽一點，就直接用清水混凝土，素樸的灰色模板搭上啞光非但不會削減空間美感，反而可讓居家更具表情和個性。後來才知道，這位設計師專做餐酒館及庭園餐廳規劃，我這樣的小坪數住宅，很難接受壯闊大器的清水混凝土。倒是，牆面漆色完工後，偶見窗外日光打進室內，真有層層明度不一的灰，像手風琴音箱的摺痕整齊地折射在牆面上。總算有點明白設計師所說的「混凝土的質地和色澤很適合倒映光影」的意思，時尚詩意是當初他想帶進來的，雖然最後被這小坪數的格局給婉拒了。想來，霧灰啞光大抵是他退而求其次的堅持吧。

實則退而求其次的應該是我，明明買了好幾本色系繽紛柔和的鄉村風裝潢書在研讀，怎麼搞到最後住進灰撲撲的地窖裡。也許日光照射後，鄉村的多彩就會褪色駁雜了，但灰色永遠是灰色，髒了也不顯眼，踢腳板的貼條都免了。接受了霧灰後，我如此安慰自己，不算自欺欺人吧。

裝潢完工到入住新家前，約有一個月期間，陸續把之前寄居他人屋室裡的東西搬遷過來。有時我會在上班用餐時間，買個便當繞到新家，一個人坐在沙發茶几都還沒送來的石英磚地板上，空對著尚未接好頻道的電視機，安靜地吃午餐。飯後往臥室走去，安穩地屈身在還沒罩上床單（甚至連塑膠膜都未拆封）的大床上，拉起窗簾小睡片刻。醒來非常滿足，完全沒有置身新交屋的空蕩感。霧灰啞光牆面散出新鮮氣息，新的櫥櫃、新的馬桶、新的床、新的生活、新的自己，多令人期待，即便「新」不等於「美好」。

沒多久小家庭要進駐這裡了，為了嬰孩安全，器物的邊邊角角會用防撞膠條層疊貼起，毫無美感且喧鬧的日子此後沒有停止過。其實早在前一個居所就感受到人聲的擁擠，那是個每逢梅雨季牆壁就會流眼淚的地方，狹隘空間裡塞進過多聲腔不同的人，人心不得不被壓縮得更小更潮濕，音頻稍微抵觸就成雜訊。我幾次試著發音，卻換來不斷被摀住嘴巴的夢魘。最難受的是，不出聲視同無禮和違逆。看似豐沃濕潤的土壤，並沒有根莖發芽的縫隙。

於是，那近把個月偽獨居的午寐時刻，令人格外珍惜。也只有彼時，真正演繹了新居最接近藝術的初衷，那是設計師當初想帶進來的時尚與靜默。有時在天光昏暗的午後，一盞層板燈打上來，真像擎著火把走進洞穴，有種被包覆的安全感，默不作聲也變得理所當然。

說話好累，尤其總要說些讓人快樂的話。在不屬於我的場域，只許唯唯諾諾。即便容得下我，也得瞻前顧後。電話或群組裡則慢慢學會選擇性發聲，跟父母多半是報喜，總覺真心愛你的人通常也會真心跟著一起傷感，如果我也真心愛著他們，怎又忍把悲情毫無節制地傾洩。而朋友是適合酒肉嬉鬧的，有誰真能常聽你說些晦裡晦氣的話呢，有些人承受不起，有些人誓言活成不沾鍋，有些人四兩撥千斤你得識相否則就成了歡聚的程咬金。還遇過這樣的朋友，他認為你宜有信仰，不妨（或必須）虔誠信守他的神。我相信他有他的神，只是說話此刻，我心裡只有對方，你才是我的神，當你轉身試圖帶進別的救世主，倏地你便虛化般碎裂成煙了。還有些朋友聽著聽著就嚷道如果是他就不會如此這般，說著說著你慢慢察覺，他把自己的優越帶進來，把你當成借鏡，反射他一身光芒，甚或得意地以八卦重鎮自居，把這裡那裡的音量收攏成擴音器的電力，而我們最好早點明白在這樣的人面前成為啞子最安全。

我像一團灰，喑啞地發著微光。啞光既正且反，又暗又明亮，每個人總有需要發音的時刻，那是聲帶與生俱來的使命。只是歸類為眾聲喧譁或離心背反也在一線間，口徑不一稍不慎就會被劃為反方。於是，光與影、說與聽，互為表裡又相依制衡。學著辨識、平衡和站穩，好像也成了艱難的功課。

後來知道可以用錢交換說話的空間，而要勇敢踏入諮商室，則是在看了好萊塢電影《辣媽辣妹》（*Freaky Friday*）之後的事。劇情轉折有致，單身即將再嫁的母親與青春期女兒衝突不斷，後來因神祕力量彼此交換了軀殼。異體裡的靈魂演出實在太精采了，有陣子我租來影片，不斷重複感受這兩個角色想掙脫軀殼而不得的內心吶喊。重複看片，還有一個因素是，母親（或說母身）在執行心理師工作時表現出令人放心的職業道德，她視個案為客戶而非病人。原來，找一個人聽你說話可以如此坦蕩健康，毋須掩人耳目、搖尾乞憐。

幾次在諮商室忘情大哭，出了門在櫃檯繳一個小時的費用，覺得甘心，自己的眼淚很貴重；也覺得不甘，何苦為了誰或什麼事而如此浪費。當然，下次來還是要為類似的事哭個幾回，而能陪伴我一次又一次因執拗而傷心不已的，也只有諮商室這樣公平交易的所在了。

在不對等的關係或場合裡，說話常是徒勞，發出聲音多半只是發出聲音本身，沒有溝通的效用。生命總會遇上這樣的人，他希望你活成一行啞句，沒辦法你天生走音，與這世界的旋律不合。相處的人若老覺得他人嘔啞嘲哳難為聽，音準總要以他為典範，想圖得清靜，我們能做的是成為鸚鵡，不然就得裝啞。記得學生時代的班際合唱比賽，為了排面好看、音質好聽，竟有條內規是有些同學就負責張口不發音，作為濫竽能夠充數，便是對團隊的貢獻。我們這樣天生音質不好的人，活著就是分母，是在包廂裡唱歌的人頭，上道一點是能主動遞麥克風和點歌單。也只許甘願，否則下次連進包廂的機會都沒有。

後來再度聽到啞光這個詞彙，是在化妝品專櫃的色盤裡。在仔細幫我擦上隔離霜和蜜粉後，櫃姐問我要不要試試初秋新品，她端出色系深邃的雙色眼影和滋潤度高的脣彩，我馬上被各種層次的大地色給吸引了。櫃姐解釋這是啞光系列，相較於珠光、霧面，介於其間的啞光，可以保有低調與潤澤的效果，「很適合妳的氣質和膚色喔。」

我彷彿從她身上看見當初那位室內設計師的影子。此後不管又流行光感水潤或大膽色塊的妝彩，我都習慣了啞光。

啞光名之為啞，但終究還是光，勻薄素淨像上了膜，不是剔透的但也不飽滿，灰灰濛濛的。會不會在某些時刻，人們需要將自己安置在這樣有點發光又不太發光、有點存在又不太存在的狀態，在啞與光之間切換呼吸，喧囂過後還是得回到靜默裡探問內在的聲息。毛玻璃態勢像是為自己打了一張安全牌，不求大鳴大放，但求燭火般的氣息能被厚實掌心呵護著。

一次諮商進行冥想時，闔上眼隨著指引看見遠處有兩個在對話的人，面向我的那人笑逐顏開，賣力招呼我。我躊躇不前，只因另副背影看來陰鬱抗拒，像在發射生人勿近的電波。終究，我還是朝他們走過去了，當背對的人緩緩轉身時，驚覺適才對話的兩人竟然都是「我」——過去的悲傷的我，和後來看似明朗的我。背對是出於畏懼世事、心已槁木，但她仍試圖轉過來面對我，縱使低眉閃爍、肩頭侷促、雙手緊緊交握，彷彿隨時帶著歉意。我不斷流淚覺得心疼，想好好擁抱她、謝謝她的努力，不料另一個微笑的我已先一步過來抱住我。

想說話的時候，知道有地方可以容納我、有個人願意聽，這樣就足夠了。即便那地方是自己的掌心，那個人是我。有時，單單是驅車前往諮商室途中，烏雲密布的心頭便已乾燥了一些。或者回家路上，不斷告訴自己只要再撐一下下快要到門口了，就更有前進的動力。

下午的家沒有別人，洞穴般安穩，我拉起窗簾癱往床上，任由層遞灰階鋪天蓋地包覆起自己，彷彿自己本來就住在灰色裡。感覺意識酣甜，四肢末梢漸次暖和起來。有道影子自牆上映現，我知道是我，而且有霧來過。

池裡的河馬

形體消散了，隨時心裡都可
以是一座海，漂著漂著不以
標準的姿勢，靜待日子一天
比一天鬆弛

在泳池，慢速前行，不以標準的姿勢。蛙手捷式腿一浮一沉，周遭分貝剪接般喧鬧又寂寥。

外面的聲音有好多區塊，小孩的、大人的、哨子的、熱水裡的、冰水裡的、溫室裡的、陽光下的，有時它們連成一塊，遠近環繞成立體聲線，喧囂一下子像大砲。身子潛入水裡，外界瞬間消音，四周遂如深海行船般靜謐沉寂。需要氧氣時破水而出，眾聲又急速靠攏過來。我的耳朵因而學會一種異常的平衡，切換喧鬧與寂寥，切換白天與黑夜，切換面子與內裡，切換有我沒有我。

游累了，攤著四肢，像一隻蛙載浮載沉，任水緣摩娑臉部，遠處看來也許我更像一隻只冒出雙眼的河馬。

從冷水池上岸，往熱水池走去。日常習慣先游幾趟冷水，再去涮一下熱水，馬上又到蒸氣室把自己弄得暖呼呼的，接著進入烤箱熱到極限，再回頭跳入冷水池奮力做幾圈拚搏，最後以蹲踞在水療池舒緩筋骨的姿態，結束一場獨泳。這樣的規律儀式讓自己能安心緩慢前行，彷彿從入口開始，地面便有綿延甚長的腳丫子貼紙，一步一步領我向大觀園深處漫溯。

浸入熱池子沒多久，準備起身到蒸氣室，那位著深褐色連身泳衣，慣常要罩一條沙龍的婦人，從冷水池方向走來，悠悠入水填滿我剛起身的那個窟，她與幾位泳伴聊起健康、醫美之類的話題。我羨慕能有親近的友伴，以幾近裸裎相見的方式毫不防備地（或者防備甚少地）談著身體哪處即將老去、哪裡應該要拉整，接著近距離端詳彼此，說些體己話。不知什麼時候，我才能有這樣的勇氣，願意卸掉裝備，袒露身與心。

泳池風光幾乎是日常裡最羞赧的畫面了，肉身之外僅有一層薄薄尼龍或萊卡，即使剪裁流線、色澤顯瘦，但是入水浸泡後，沒有哪個人還能像雜誌上的泳裝麻豆那樣髮妝完整、裙襬飄飄。放眼望去泰半是溢出布料太多或鬆垂的皮肉，尤其泳鏡推起如墨鏡般靠在前額時，兩個眼窩各一圈狠狠的橡膠壓痕，熊貓一個樣，難以稱之優雅。

在蒸氣室更是如此，汗涔涔地，再怎麼防水的眼線膠，都會沿著眼尾流下。這樣的場所，最好誰也不認識誰，才能讓我自個兒沉浸半張臉不必費力說話和遮掩。曲著身體窩在椅子上，蒸氣孔像不斷噴出乾冰，整個蒸氣室白花花的，視線只剩下自己。看著大腿與手臂汩汩冒出豆大汗珠，倏地滴落地面，有種奇妙幻覺，好像人體不只七竅，不只三萬六千個毛孔，密密麻麻的洞口每個都是初生的湧泉。有時我會無聊地一個手掌就捻落所有正在冒出、還未成形的汗珠，一次又一次樂此不疲，練功一樣。時間緩緩，雲霧蒸騰，此刻真像在山中修行。

照例，我帶著一身濕往烤箱移動，七十幾度的乾熱其實很舒適。帶點陽光曝曬棉被的氣味，視線比剛才的雲霧明朗多了。門外有一池冰水，內行人都懂得要冰與火交替，不但對血液循環好，皮膚也會更緊實。只是，我怕冷，多麼害怕一盆冷水當頭澆下。

於是，冰水這一關成為來泳池最大的關練，常常足部過個水就放自己一馬。幾次壯膽將身子浸入冰水，瞬間急凍、針刺難耐，迅即爬出來沒多久又均勻地暖和起來。比起熱烈的蒸氣室和烤箱，勻稱的暖烘烘明顯帶有寒夜窩在電毯及鬆軟棉被裡的滿足感。可以預知的好處就在前方，這大概是我明明怕冷，又要往冰水跳的誘因吧。

在冷水池單調地來回游著也是，有點冷又無聊，尤其在秋冬。但想及水阻力是很好的負重訓練，幾次游下來，總覺得好像哪裡又瘦了一點，就會令人甘願再次往下跳。

學會游泳，是在中學的體育課，我輕盈得像隻海豚很好調教，在團體裡跟著前行和呼吸。實則，我的呼吸是假的。要跟上所有人的進度，讓體育分數及格，我得在一學期扣除月事不能下水只剩短短十幾堂的課程裡，學會標準的自由式，每一個動作在體育老師的評分表上都馬虎不得。期末考那天，划水、打水，手腳都和諧了，只剩下分數占比最高的換氣。我取巧地在單手小指於臂後出水的剎那，蓄勢轉頭，待手臂高舉拋出離心弧狀水滴串，就是此刻，張嘴，假裝換氣，一路憋到對岸，然後得分、過關。

假裝久了，也許有一天就會變成真的，學會換氣是在中學畢業很久以後的事，此後我真能游得好看，氣長且足。先拿到分數後再說，凡事答應了再做，當了媽媽之後就學會當媽媽了，像是後來博班老師催促我趕快畢業的話術：「學位快快拿，學問慢慢做。」總會有辦法的，機會不是只留給準備好的人，也留給假裝準備好的人，這算是我的與世浮沉之道嗎，有點可笑。

在陸地上與各式的人生活著，認真地與各種事周旋，卻經常接收到與努力不對等的回報，有時甚或連回報都沒有。不知道是不是中學時在泳池裡練就一身憋功，直到現在都覺得自己很能忍，無禮的、吃虧的、粗暴的、被欺負了、該哭的時候，我總是深深吸一口氣，窩囊地沉下去，假裝外面的喧鬧都與我無涉。也許在評分表上我合格了，換來優雅、耐操、沉穩的評語，不過就像中學時泳池裡的呼吸一樣，多半是假的，或憋出來的。也因此愈來愈相信，檯面上光鮮亮麗、平靜無波的那些，暗流裡有太多身不由己或營構，沒有什麼絕對可預知的正確，或絕對可信賴的憑藉。都說河馬溫和，但遇到攻擊必定發揮齒顎的咬勁，只是那也要辨識得出攻擊行為來。有時還是怪自己都多大了，怎麼還分辨不出哪些是社交語言哪些是恭維。想來還是肉身最忠誠，直線性地回報你暴飲暴食後體重計上升的數字，當然用力運動後，身子隨之輕盈也是一定的。

踏入水療池，意謂我已耗盡氣力完成獨泳。讓水柱沖擊身體的時候，我常會想起推拿師庖丁解牛般為我鬆開筋膜的樣子，彷彿在那個時空下，形體真的消散了，他的眼前只有筋膜包覆硬骨的構造。背部膏肓間、腰椎股上，還有小腿肌，只消梳理一束束筋肉，認真按摩身心的痛點，凡是糾結的沒有不軟化的。難題臨頭如果都能這麼簡單就好了，只要願意直面痛點，用力化解，關於沾黏、硬化、發炎、乳酸堆積的種種，就會暫且消失不見，即使不意味從此一身舒爽，也仍帶有讓人全力以赴的誘因。

有次父親告訴我：「老了之後，膝蓋變得卡卡的，有時只是想走到田的那一端，卻怎麼走都還有一大段路要走。」那會是什麼樣的感覺，肉身叛逃了，大腦還能使喚誰。泳池裡，步履蹣蹣、緩緩伸展的長者很多，而兀自沉浸在無聲世界的我，意志常在遠方，並不太在意他們的步伐。當父親告訴我那些話的時候，忽然為自己未察覺父母已屆步履蹣蹣的年紀而感到愧疚。步入中年，我也開始感到行動卡卡，那種無助像是多年來反覆在大白天的小寐時刻與「鬼壓床」的搏鬥。當意識又被熟悉地喚醒，肢體又被封印的剎那，內心總是無奈吶喊：「又來了，又來了。」不論如何抵抗癱瘓，最難受的還是怎麼走都還有一大段路要走的無力感。有時會奮力以初醒的意志撐住眼皮，以為只要不再入睡，肢體就會隨之甦醒。事實是，眼皮、聲帶都是肢體，整副軀殼都在違抗腦子。後來我學會假寐，又來了又來了的時候，索性閉上眼睛，讓意識等待軀體，準備等下在蒙昧渾沌中一同復活。我彷彿在豐富的鬼壓床事件得到一些諭示：學著避開。避不開就接受它。接受不代表好受。

接受不代表好受，但還是接受了。直面痛點很痛，可是會過去的。這是我的與世浮沉之道吧。父親曾送我一本《黃庭禪》，「黃庭」是胸口一處感應器、道家所謂的精氣神中樞，黃庭禪教人莫要時時勤拂拭，只消純然去感受外緣進來了，接著就要出去了。無有波動，內在自然熨貼。我依然似懂非懂，面對粗礪不免先是抗拒，抗拒不了才恍悟應該去接受它。

後來訂了一副護膝寄給父親，他說膝蓋骨比較不會亂跑了，倒是代償的腰椎有點發炎。我說到醫院復健需要有人陪就告訴我，田裡的事別做了，要不就請人來幫忙，錢我出。我沒說在池子裡我很少用蛙腿了，蹬水時膝蓋會喀喀作響。我沒說我是月光族，錢亂花，情感的付出也超載。

我沒說的事開始變多，活得載浮載沉，像一隻只冒出雙眼的河馬，冰山下有多少擁腫與不堪。遇見一些朋友，更是感覺人們多半接受熱烈恭維，糾錯如澆冷水，人與人的連結愈來愈像下到熱水裡的餃子，緊緊相挨，再熱都要相互取暖。冰水池那邊空蕩蕩的，任誰都待不久。而我也愈來愈懂得報喜不報憂，你的喜我的喜，關於憂就往冰山下面埋。

從水療池階梯走上岸，泳衣被水給沉重地往下咬，本能地調整一下過度貼身而使臀瓣畢露的泳衣，回頭發現池子裡有不經意的注視。速速走進更衣室，脫下泳帽和蛙鏡，攏一攏因氯水泡過而缺乏光澤的髮絲，我的前額和眼窩必定帶著橡膠壓痕，遮遮掩掩還是比不上膠原蛋白流失的速度。行過淨身用的小浴池，眼底映入各式女體的鬆軟、褐斑或龐大，我拉起簾子淋浴，腦裡卻不自覺播映剛才浴池裡一派安詳，浮上水面、走上岸也坦蕩蕩的影像。

泳池館外已是黃昏之後了，地面的防火磚因夜燈的照耀而一閃一閃的，暢泳完的步伐輕飄飄地像踩在星星上。腳踏實地很安心，然而我多麼嚮往無重力狀態，腳不著地的輕盈，多想擁有漂到哪都好的勇氣，不必記掛因老去而不再被珍愛，不必奮力跟上眾人的步伐，不必擔心說錯話。形體消散了，隨時心裡都可以是一座海，漂著漂著不以標準的姿勢，靜待日子一天比一天鬆弛。

病房

這世界就是一個巨大的病房
吧，所有苦痛都是必然，誰
先痊癒誰先出院，上岸一樣
遠離浮沉

賴以為常的情感離我遠去之後，一顆心便空蕩蕩的了。空洞之時，便想往嘈雜的地方躲，讓聲音填滿身體，讓自己沒有縫隙，讓腦子不至於從軌道上偏離。因而樂聲轟隆、穩定來點重低音，能為單薄的心跳打著強力幫浦的健身房，便成了我的日常。

當然來到這裡，跟追求線條、意識到歲月、或說半催眠狀態下與友人同行入會以為可以賺到折扣，應該也有些關係。還有為了健康吧，半年前開學幾天後的夜半，忽然高燒、寒顫不斷，嘔吐腹瀉之餘伴隨著肌肉抽搐，進了急診室初步判斷是食物中毒。躺在走廊臨時病床上等待空的病房，身旁衰朽殘腐的肉身來來去去，一幕幕像極了縮時攝影，我則是個來看戲的人。

待我提著點滴如廁，驚見鏡裡反射的自己，不知是病院的日光燈太亮？還是壁磚清一色的白？鏡裡的蒼涼理應熟悉卻又陌生異常。方走出廁所，一位老人急著提醒我：「提高一點，都倒流了！」啊管子填滿了暗紅，點滴藥袋裡有血！這才明白我是戲中人，這副軀殼也是衰朽殘腐的一部分。

身體填充太多次液體，拖著病身在廁所與簡陋的床位間往復，不斷意識著必須提高點滴袋，提高一點再高一點。昏沉之際什麼書都無法看、什麼事都做不得，才開學沒幾天，正要進行重要的〈師說〉，彼時教育部裡關於課文的文白比例還在糾葛，神化古文八大家的爭議尚延燒不斷，一切依然恍若境外。我經常無視外界紛擾，從來都自有腳步，只是此刻，連從病床行至廁所都變得如此巍巍顫顫。又想及幫幾個班級訂購的課外書已經送來辦公室，接著就要周末了，一心淨想在假期前迅速把書發送完畢。我不斷向醫師央求出院，醫師一再以數據告誡我不行。

急診室裡鎮日荒白，病床挨著病床，左側的床位換了五六個病人——肚子莫名絞痛的年輕女孩、早上忽然就麻了半邊的老伯、因記憶衰退而導致突發狀況的婆婆、高燒不斷來自東南亞的移工、戴著氧氣罩哮喘好大聲終於等到病房的小孩，還有一位原以為也是小孩後來才聽說是個會定期來急診室，免費躺上一夜的駝背獨居老人。

而我呢？他人看見的我會是怎樣的形狀？人們依舊匆忙來去，關注的泰半是己身，窩在這裡的我或許只是一縷氣體，毫無形狀可言。

睡在右床的，恆久是一位年輕男子，偶爾醒來又沉沉睡去，他的老父立在一旁咕咕鐘般定時催喊、焦急餵藥，那些例行的量血壓、量體溫、換點滴都不易讓他清醒。我們的床位太鄰近了，聽著他深眠中的呼吸，我感覺他好累好累。

沉睡之時，他並不知道方才一位病患被急忙送了進來，好幾位醫護腳步匆促，我下意識嗅出某種生命匆促的氣味。沒多久醫師從布簾走出來，喚著「某某某家屬在嗎？」像電視劇裡演的那樣，他對著可能是某某某的老妻和女兒搖搖頭，「送進來就沒心跳了」，我的淚水幾乎與那位老妻和女兒同一時間迸發出來，她們摀著臉反覆確認，

「你的意思是說他死了喔，他真的死了喔……」急診室裡的各式喧囂倏地成為背景，空氣中滿溢著家屬拔尖的淒厲。彷彿跟不上病床推走的速度，跟不上匆促間被抽乾的意識，那聲音久久迴盪。

死亡那一瞬是怎樣的感覺呢？像是羽化了掙脫拙重軀殼那樣飄飄然嗎？還是瞬間無聲無味無色，然後柳暗花明又一村？我並不害怕死亡，只是怕痛，如果那樣的時刻來了，最好能轉瞬掙脫、切斷，不要遲滯。

去年秋天，阿嬤出殯前，她的魂魄尚留戀人間，幾次入夢對著我和妹妹微笑，一下子又化作清風從已閉關的冷氣口游出。歷經念誦、法會、送行、火化，之後不再有肉身的牽絆，結束了人世間的短暫行旅，她又回到那個無風無雨輕盈有光的地方。記得，一位愛護我的大學老師在辭世前，曾手寫了古羅馬哲學家西塞羅（Marcus Tullius Cicero）的一段話：「死亡降臨在年輕人頭上是暴風疾雨，對老年人卻是瓜熟蒂落。想到這一點，就很安慰。當我迫近那一天時，會覺得有如一個人在漫長的航程後靠近碼頭一樣，為著看見陸地而欣喜。」瓜熟蒂落之時，剛才那位急忙被送進來的病患已經抵達彼岸，我們卻還在世間浮沉著。

淡濛濛人影迅即閃過，昏沉醒來臉頰有淚痕為證，稍稍證實方才真的有人死去。右床的老父又再次搖醒沉睡的男子，他呼喚著：「要不要我幫你請假，今天就不要去上班了好不好？」男子把被子拉得更緊，依然閉著眼堅定說了：「不行，我要去上班。」然後又睡了。先前，聽見老父對醫護人員說兒子做的是倉務管理，明日公司要會計結算，一定要由他做清點。他們父子倆反覆地「要不要我幫你請假，今天就不要去上班了好不好？」「不行，我要去上班」，聽得我也反覆在心裡對男子納悶：幹嘛那麼堅持，這世界又不是非你不可！

冗長兩天等不到病房，請了同事代課後，仍然覺得〈師說〉這一課關係到往後還要重複提及的知識分子使命觀，有些哏是一貫作業的，前面沒播種，後面就難收成。還有那一箱箱的書，訂購名單還在我這裡，隔天就是周末了。我依然試探著向醫師要求出院，醫師先是以數據告誡我不行，最後總算勉強放過我一馬。

清早七點的街道陸續有上班上學的人，車流、號誌一如往常，路樹還是路樹，世界運作依然。吸了一口久違的陽光便匆匆回家，迅速梳洗、上妝，然後去上班，連站兩堂課、整理許久那些幫學生訂購的書，血壓低得一下子就要坐著等待白花花的天光不再搖晃。不知那位男子是否也出院到倉庫清點交辦這些那些了？老父聲聲「要不要我幫你請假，今天就不要去上班了好不好？」頓時有如天聽，還在暈眩的我不禁責怪自己幹嘛那麼堅持出院來上班。

「又不是非我不可」彷彿成了預言，此後一些關係裡的自己愈發淡出如魍魎，連影子都不算。活得如此用力卻又存在得可有可無，處在必須明亮的位子，時不時總得送出溫暖，身體卻一點一點地失溫。又不是非我不可，沒有我的世界還是一樣的世界嗎？又不是非我不可，偶爾也會想，我還是可以為你做些什麼吧。內裡好像有什麼被抽乾了空洞洞的，卻已慣於把生活填滿，於是又往健身房報到。

健身房反覆播放的重低音規律如潮水，陣陣拍擊上岸直達心臟。亮晶晶的燈光使人目眩神迷，左右盡是健美線條紮實飽滿，偶或一聲使勁的吆喝，彷彿是為這不斷下沉的世界、不斷下墜的肉身用力喊上一句「加油！」似乎健身房也是病房，孱弱送了進來，大汗一場筋絡帶氧充血即可元氣離去。

而遊走於更衣室那些褪下衣物後慘白下垂的肉身間，真令人有種置身病院的錯覺。衣冠整齊時，個個是沙場上步伐幹練的健兒；赤條條裸裎相見時，才知道武裝背後誰不是千瘡百孔，平凡如你我。重訓區不乏年老的人來這裡動一動當作保養，更多的是爆青筋之餘還要使勁加上重量的健美先生。有時我會在韻律教室毫無韻律感地跟著唱跳，眼神不自主地就往線條緊實的年輕女孩身上看。我像一縷輕煙，自由穿梭於各式肉身間，每當看見青春美麗的軀殼時，就會有股有為者亦若是的衝勁。

偶爾教練會過來叫我一聲「姊」，復健師般糾正我使用健身器材的姿勢；或有好心人士來提醒我負重太猛，小心受傷。他們總不忘說上一句：用對核心，不必太費力，一樣有效果。我才發現自己經常無意識地加重器材磅數，不知道是耽溺於肌群緊繃的快感？還是貪看人間忘了自己？沒有算計投資報酬率，一骨碌投入所有氣力的後果是，徒勞無功甚而弄得一身傷。想起一對經常相偕而來的老夫妻，老妻常怒氣沖沖地指正老伴，說他怎麼愈老愈頑固，說過多少次跑步機速度調太快會受傷，膝蓋禁不起，怎麼每次說都不會懂。老夫的反應像是病房裡那位年輕男子，聽不見外界紛擾，始終堅持自己的步調。明知，老妻是對的，老妻是為老伴好，可是我卻同情起這位老夫來。

每個人都有各自要面對的課題吧，那像是與生俱來的宿疾、此生要承接的病痛，若硬要與之對抗，只是落得身心俱疲。幾年前某次健康檢查，進行甲狀腺超音波時，醫師用探測儀壓著我的頸部問：「這裡是不是發炎過？」他示意我看螢幕，解釋：「這裡有些粗糙，是發炎後又癒合的痂，現在沒事了。」什麼時候一處傷口形成，又兀自啟動抗戰模式，最後默默收拾殘局，我竟渾然不知。所幸殘餘一丁點證明，一枚動章似地，提醒人們去看見它的功勞。生命彷彿自有瓜熟蒂落的步調，怎麼發生，怎麼結束，怎樣峰迴路轉，沒人料得準。唯一能確認的是，事過境遷後，不會沒事的，勢必有些什麼悄悄變動了，就像這曾經的傷口，後來的痂。

此生，我要面對的課題是什麼？傷口會自己好起來嗎？可以痊癒出院的那一刻會是怎樣的感覺？我經常想像無風無雨輕盈有光的樣子，卻怎樣都不踏實，偏偏就是要用自己的肉身去感知風雨的重量，受虐體質般頑固地對抗世界的堅硬。

健身房的音響依然唱著我聽不懂的英文快歌，在快節奏的空間裡，肢體和腦子各自快速運作，日常裡那些敷衍的、疏離逃避的、歪掉的面孔此刻明滅閃爍著，一副換過一副，像極了縮時攝影。關係裡曾經擁有的、終將消逝的，輪番攻占如高燒如寒顫。抵抗力太弱的身子，總在循環裡中毒。

這世界就是一個巨大的病房吧，所有苦痛都是必然，誰先痊癒誰先出院，上岸一樣遠離浮沉。想及在漫長而折騰的航程後總會靠近碼頭，忍不住就為那片陸地狂喜起來。

我讓重訓器材的磅數加碼再加碼，彷彿點滴換過一袋又一袋，提高一點再高一點，讓這裡、那裡的肌肉繃緊再繃緊，灌入身子的能量不斷飽脹再飽脹，往往復復這個器材那個器材，無意識動作群，極限再極限還要再極限一點，最好轉瞬爆發，不要遲滯。扭曲的痛覺因而喚起了我，我的存在。

無聲

沒說是無人可說，欲說還休
或許是不知怎麼善後，有時
是說了又如何，繞著困處轉
多難受

下臂內側的軟針接上藥劑，麻醉醫師開始倒數。來不及聽清楚問話，我含糊咕嚕幾聲，眼皮不由自主地把人影壓縮在隙縫外。世界應聲暗下。

醒來連嘔幾團血水，臉被急忙捧往側邊。幾位醫護迅疾擦拭我的面頰和頭髮，替我撕開綁帶、掀開被子。聽見很明亮的聲音：「啊她全身是汗，換一件新的。」幾乎是觸覺性的，手術衣倏地被拆去，粒子粗糙的毛巾在體膚抹動後，一件衣物覆上來又疊加了被單。

隨即視線是移動的天花板，病床輪子壓在迷宮般的廊道上，左拐右轉時彷彿火車行進空洞空洞地響。待病床速度趨緩，醫護人員向外喊了幾次家屬在嗎。沒人回應。

「我妹有事暫時離開，術前簽過無家屬陪同書。」極為乾澀的喉嚨竟挺身解圍了這副看似無人認領的肉身。也是此時，真切意識到渴，從嘴唇乾涸到食道如一名沙漠行者，我不斷要水喝。

可是身邊沒有人。恢復室裡另一床的男聲持續發出混濁而遲緩的呻吟，直說自己要死了……聲音迴盪在空氣裡像來自很深的地底。我感覺自己也是，全麻前禁了十二小時的水又剛拔去喉嚨插管，還有禁食前大啖沙茶牛肉麵和味素雞湯的緣故，我非常渴望水，用盡聲量乞討，任誰聽見都好。

總算一位護理師悄悄偎過來，用棉棒沾點水讓我潤唇，說嘴裡有傷醫師交代再過一晚才能喝水。末了叮嚀我深呼吸。沉睡許久的肺葉，必須練習甦醒。

實則不只肺葉，感官、軀幹均初初解除封印，正奮力在我意識裡騷動著。我試著伸展四肢，一根根指頭終於如花苞綻放開來，在邊疆打了勝仗似地，歡欣的反應紛紛從身體末梢回報上來。

恢復室待得差不多了，推回病房途中，妹妹趕來醫院俯身握住我的手。手術那天早上兩人還在說說笑笑，大概是話講太多了，嘴巴才會這麼乾。

那時我斜倚床上，十坪大的單人病房，有沙發、茶几、電視、衣櫃、冰箱、玄關椅、專屬衛浴和乾淨大窗，窗外可俯瞰整座景福門，如果不是房間正中央矗立一組生冷的病床和拉簾，這裡完善得就像一處旅店。

「欸，我們好像沒有一起旅行過？」

「對啊。」妹妹盤腿在沙發上揉著眼，不怎麼專心地答腔。昨天下班被我央求過來陪病大概沒睡好吧。若不是手術安排在農曆七月初一，前一晚住院適逢鬼門開給人太多恐懼的想像，我還真覺得一個人壯遊沒問題的。

住院前一天我洗了很久的頭，備齊幾天行李，不忘幫工作忙亂的妹妹帶上整套旅用保養品。更往前幾周，則以一種辭別的心情赴幾個朋友的約。吃飯、滑手機、言不及義，我多半傾聽循著話頭笑得最大聲。某一刻我相信魂魄飛了起來，退居他人視角看著半透明的自己。當然我並未提及手術的事。

說了並不會改變事實，又何必說呢？何苦向他人袒露難處。習慣了隱身於人群中的安全，把自己活成一顆繭，此刻憑藉赤條條的痛楚而成為焦點，多難為情。

妹妹問：「明天要開刀了妳會緊張嗎？」我側身拿出包包裡的書，指著畫線處：「全身麻醉退了之後，我感受到好像被人從舒服的睡夢中吵醒般的不快感。當插在氣管內的管子拔除，去除異物後，比起『啊，輕鬆多了，我終於又活過來了！』的安心感，我更強烈地感受到『不要妨礙我』的心情。」我告訴妹妹今晚就來大吃大喝，在明天手術舒服睡上一覺前可不能虧待肚子。妳看，岸見一郎術後的現身說法，多麼鼓舞。比起書名《老去的勇氣》所欲訴說的，這席話最安撫人心的是，原來全麻後能如此舒服地睡上一覺啊。

所以安啦不會有事的別擔心。我挺起胸膛不知從哪生發出唯物主義式的感官勇氣，理直氣壯主張全麻前勢必得毫無戒律地餵養我的胃，以物質的、生理上的飽足，安頓那即將承受苦難的身與心。

到樓下超商買宵夜時，我問：「妳沒跟爸媽說我開刀的事吧？」妹妹搖搖頭，她口風超緊，不單開刀，連小時候的事也沒說。她看著我：「如果當時妳說了，現在就不用挨這刀了？」

誰知道呢，父親出國工作那年把我們安置在親戚家，母親帶著三個小孩周旋於叔伯姑嬸間，總告誡不要亂說話別弄壞東西，乖一點，別人都在看。生活像被隱形的線縛著。某天放學發現常有親族走動的客廳竟空無一人，我小心巡視後即雀躍地跳上沙發蹬向桌子，不料著陸失準撞上邊角，頓時滿口腥味。深怕母親盛怒，大家又要笑我不過是勢讀冊沒有女孩樣，我躲進房裡找條毛巾摀住血，決定什麼都不說。多年後才知道上牙床那汩汩湧出血泉的黑洞，也許是脣繫帶一路通往鼻脊的祕徑，是鼻骨成長的地基。

從兒時記憶到現下生活，手術前一晚我跟妹妹就這樣瞎扯亂聊，吃喝到必須禁食的前一秒，只差沒灌酒。

一早醒來我的話比前晚還多，大概是妹妹太可信賴了。我說如果手術有什麼閃失，筆電和日記本記得幫我丟掉，讓人看見裡頭的祕密太害羞了。噢，還有衣服、一堆書、保養品和存摺，該怎麼處理呢……妹妹連忙說記不住啦，妳寫在紙上好了。頓了一下又疑惑：「可是沒律師見證，這樣算數嗎？」

我們看著彼此呆滯的臉，忽而大笑。人家也許都臚列在某個國家哪條街的房子地產該如何過戶、繼承或贈予，股票財物要怎麼分配，我呢，把自己所擁有的攤開來，才發現緊緊握住的都是些無關痛癢的小東西，奇怪那平常我在執著什麼勁。但在妹妹面前，好像也沒什麼不可說的。

我還說這幾年陸續寫了些文章，都存在這個隨身碟，「到時看要發表在哪，妳再幫我決定。」

「好啊，算是遺作吧。」

「最好是啦，什麼遺作……」我帶著反駁意味的笑，幾篇單薄的東西算哪門子作品。屢屢在說與不說間游移，不確定能承受掘多深，又覺得有誰會想聽我說話呢？拿捏之際便是一再耽擱了。偏偏我又選擇散文這麼赤裸的文類，好像存心給自己下戰帖。

財產清單一下子就列完了，妹妹轉身拉開窗簾，露出明朗的天。遠處的景福門座落在圓環車陣中，距離把速度都放慢了，我幾乎以為所有車子都是循著前車一直繞圈，不曾駛離軌道。就像平日習以為常的謹小慎微的吸吐，我也以為是一般人的尋常風景。總得凝神看待，才會發現迴圈另有出口。

前一夜這裡不知何故有群眾抗議的聲響，大聲公和汽笛喇叭竟能穿透到這麼高的樓層來。我的父母妹妹是那種會去造勢晚會助陣、靜坐、拉布條遊行的人，我卻一次也沒參加過，遑論付諸行動去捍衛什麼，包含自己的聲音。

可是術後那晚，我忽然變成無理取鬧的孩子，堅持衣服要穿好，東西該歸位。無奈手臂接著點滴，衣服脫不了也穿不好，麻藥副作用讓我動輒暈眩不斷作嘔，哪有力氣整理東西。妹妹想方設法欲安撫焦躁，我卻不斷使性子。

我的聲音愈來愈微弱，輾轉床上難以安歇。啐出陣陣胃酸和血絲後，吵著喝水可是嘴裡有傷，拔河角力下，妹妹只得裝一小匙漱口水讓我潤喉，再為我換上乾爽紗布。好不容易有尿意了，那是拔除尿道插管後膀胱恢復自主的表徵，妹妹趕緊端來尿盆和便器椅，酒精噴得仔細，拉起簾子攙我下床。待我顫巍巍攀回床上，發現她蹲在地板擦拭滴得到處都是的尿液。

助眠劑催發下，我總算入睡。隔天一早，床邊櫃上多了電解水和流質營養品，衛生紙酒精藥品紗布膠座擺得整整齊齊的。不久，廁間傳來腳步聲，妹妹已梳洗好，說她等下去上班開完會再回來陪我。就醫證明和手術紀錄都申請好了放抽屜裡，問我身體還會不舒服嗎肚子餓不餓。

昨夜的慌亂躁動恍若一場夢，我看著她，感到非常愧疚。「妳昨天被我那樣盧，後來有睡著嗎？」

「有啊，有睡到。」

「騙人，妳連隱形眼鏡都戴不上去。」我說我已請某某人等下過來，妳東西帶齊上班開完會就回家，寶寶幾天沒見到媽媽，會想念的。疫情期間僅許一人陪病，妹妹奈何不了我的堅持只好離去。

偌大病房裡只剩自己了，時間變得很慢。淺眠中依稀可感覺護理師和清潔人員分別來過。我側身用湯匙盛一些水，吞幾顆藥，口鼻的紗布又弄濕了。忽而尿急，下床後待天地不再旋轉，扶著牆蹭步往浴廁去。折騰一番，回來看到床邊櫃上整齊有序的物品，想及昨晚，我忍不住拉起簾子靜靜哭了一場。

幾年前妹妹還在國外念書，我常掛網撐到半夜，約莫她下午回到宿舍的時間，期盼能線上相遇，總覺可恣意交付一顆心的還能有誰呢？這兩天好像把幾年分的話都說罄了，剩下自己一人時忽然感到空虛。拭去汗漬與淚痕，對著小鏡子欲更換濡濕的紗布。驚見面目竟浮腫如發酵過度的白麵團，鼻腔灌入鉛塊般繃脹沉重，每一處都巨大得不像自己。難怪妹妹每回幫我撤下紗布時眉心都擰得緊，逼視傷口多需要勇氣。揭開傷疤也是。

拿出放在抽屜的手術紀錄，怎料密集字串如繁星，拼湊起來個個都是費解的馬賽克。點開手機翻譯軟體，時空忽然被解構了，紙上正演繹著手術台上的自己。Under general anesthesia, the patient lied in supine position（在全身麻醉下，患者仰臥躺平）。與世界失去連結的程序原來是這樣的：感官先於意識關機了，話語權第一個被收回，次第是聽覺、視覺，而後知覺。外界被黑暗漸次包覆吞噬，我慢慢淡出自己的身體。

隨後殺菌、防腐、切割、鑽孔……曾在我肉身遊走的密碼此刻浴血橫陳。如此怕痛，卻硬生生目睹了銳利赤裸的屠宰。幸賴最後一句的過去式文法帶我回到現在，即便現在也不好受。

Wound was closed in layers，傷口一層層地封閉起來。

封閉後就沒事了？傷口會自己好起來嗎？就像生命裡曾受過的傷害，不去碰觸與回望，任它層層封閉，疤痕就會淡化了吧。我累得闔上眼，醒來天已暗。妹妹來電關切，問需要買吃的嗎，我堅稱不用啦又不餓，況且接手的人已經來了。

其實，哪有什麼人來接手呢？平日習慣打理得光鮮，此時哪能讓誰看見狼狽的自己。我拿起桌上的流質營養品，笨拙地拉開易開罐，小口啜飲著。明早要離院了，也該開始收拾行囊，書本、瓶瓶罐罐、妹妹買的東西都裝成小袋綁緊。醫師來巡房，例行檢查後他意味深長地看我一眼：「妳吸食過粉末嗎？或跌倒時撞到什麼？」我想搖頭捍衛清白，可是頭會暈。「我在妳右側鼻腔取出一小段塑膠軟管。」手機秀出一截組織斷斷續續看不出是什麼，依然連著血肉纏結一起。等不及我回神反應，他勸道別再吸食了，便轉身領著實習醫生離去。

喘不過氣的日子啊像被異物困住了身體，什麼物事與我不離不棄許多載，我已無心再追究。醫生走遠，他的問題才近了身。沒說是無人可說，欲說還休或許是不知怎麼善後，有時是說了又如何，繞著困處轉多難受。回頭把幾個袋子放進行李箱，層層封閉起來，確認沒有遺漏的，拉上拉鍊。恍惚間，看見自己蹲成一個被質問得啞口無言的小孩。

接住

多麼慈悲，掬手為缽承接苦水，如佛陀以指磨藥渡世間苦厄

印象中某些經歷過的情境、對話或神色，無論過了多久，總會不經意地重播或跳出停格畫面。無關相似經驗的觸動，它無預警登入登出，唐突瞬逝但多半無礙，就像偶遇交情不深的故友，湖心微微波動了一下，客套地打個照面後，一切復歸風平浪靜。

心理學稱這現象為「閃現記憶」（mind pop），雖說它較常在人們做例行動作時的無意識狀態下，以字彙或文句的方式呈現，但對我來說憑空浮上檯面的卻是清晰可感的

影音片段。

那些閃現鏡頭包括，遛鳥俠騎乘機車停在尚是小學生的我面前，詭笑著：「妹妹你看。」我遠遠辨識仍不太確定從他胯間吐出、攤在椅墊上的小肉塊是什麼；英文補習班的Jenny如此恬靜美好，可是冒失的我在廁間敲門沒等回應就馬上推開門，她慌張來不及拉起褲子的侷促，全映在我內疚的眼神裡；還有八九歲時和妹妹在巷口嬉戲，忽然被舅舅的前女友攔下，給了兩瓶蜜豆奶請去她家探問現任女友的消息，聊天細節已不復記憶，但喝下去的濃膩留在味蕾久久不散……這些事在當下確實驚擾了我，但也不至於造成陰影，即便日後沒由來地畫面乍現，心裡的聲音不過是「噢，有這事」，然後鏡頭就流水般過去了。

尚有一事，不僅畫面、滋味，至今仍存有聲響、色澤和肌肉痙攣感。約莫小學二年級，我從教室奔出，迎面撞上正要跑進來的男同學，匡的一聲兩人跌坐地上雙雙摀著額頭爬不起來。隔天父親開車載全家到東海大學踏青，只記得路程中窗外風景幻術般扭曲旋轉，一下車我便忍不住嘩地吐了一地紅色穢物，登時嚇壞大家。嘔吐的記憶如此真切，昏眩伴隨噁心和酸水，倏地橫膈膜及腹腔劇烈收縮，逼得一股洪流不受控地湧入食道，喉頭關口大開，一切便洩洪般難以收拾。

原來前一天與同學對撞造成腦震盪了，那片鮮紅糜狀物應是上車前吃的西瓜。此後，這段閃現記憶便一逕以那灘紅濁鏡頭起始，往撞擊額頭的瞬間倒敘回溯。長大後各式嘔吐依然上演，雖不必然會連結到這件事，倒是吐完伴隨腦內啡分泌，痙攣、絞痛、噁心症狀又迅即減輕，這制約往往讓人錯認：苦水吐出來一切就會沒事了。

隨著年紀增長，消化功能衰退，胃脹腹痛難耐時，更迷信所有東西排出來就會沒事了。於是，持續好幾年每周固定到中醫診所報到。醫師分析病因，舉凡外邪、飲食、情志、臟腑虛都可能引發腸胃不適，我聽得一頭霧水只求立即紓解，通常醫師也同意排毒為先，吩咐藥房讓我吃一包速效的再離開，他說：「回到家妳馬上就會有感覺了。」有時藥效作用快，步出診所還來不及走到家，便覺昏眩、脹氣和溢酸水。某次甚至一路強忍腹部肌肉攣縮，無奈喉嚨仍被突圍，我趕緊就近找排水溝嘔吐，待扶著牆虛弱起身，看見零星幾位行人面露驚慌、紛紛走避。大疫之時也難怪，我這副落難狼狽貌活像確診病患。只是這比被誤解為喝得爛醉還難受，疫情已夠侵擾人心，好像我又加碼人心惶惶的負擔。

其實喝得爛醉吐在水溝的記憶是歡樂的。二十幾歲念研究所時，與一群同窗在課後跟著幾位老師到基隆港喝酒吃海鮮，我們這群研究生沒經驗，菜未上桌便搶著乾杯敬酒，吃了幾道菜又混酒喝，威士忌、紅酒與加拿大奶酒。回程坐老師的車，適才吃飯太暢快，當兵時開過戰車的老師話匣子停不了，頻頻回頭向後座手舞足蹈地講演。一路車速快又狠，不時甩尾急轉彎，我們只管閉嘴含笑點頭回應。下車後向老師鞠躬道再見，眾人終於忍不住嘴中酸穢，唰地找排水溝解放。然後個個癱倒，撫著肚子笑成一團。

年輕時的笑經常在荒唐中盛綻，再怎麼難過的關，吐一吐苦水好像真的就過去了。尤其美國神經學家羅伯．普羅文（Robert R. Provine）這一段浪漫的形容：「你一旦跪在馬桶前方等著嘔吐，整個世界彷彿就縮成只有那個小小的空間。」即便孤單，卻令人感受到嘔吐動作的神聖與專注，恍若踏進諮商室或對著小窗口向神父告解那樣虔誠。

那些不適合這副脾胃的東西，何嘗不是在積極地找尋出路？對它們來說，解脫的津口便在食道喉頭這條窄仄祕境後，初極狹，只要一鼓作氣，不久便可柳暗花明又一村。一旦它離開、我放手，隨著嘔吐後一劑腦內啡的犒賞，苦水昇華消散，一切就會好多了。

我常常想起中醫師說的腸胃病痛肇因——外邪、飲食、情志、臟腑虛，除卻字面上能理解的飲食及先天臟腑體質，何謂外邪與情志？那意味著壞東西和我的心嗎？每當聊起傷心情事，困躓中的我三兩句不離口的都是「不甘願」，不甘願努力這麼久卻依然要放手，不甘願對方可以揮一揮衣袖就走，有時是不甘願未能快快見證惡人的壞下場。或者難以消化不公不義，狐疑著無限上綱的單一價值和攀緣結社之必要。硬把外邪積累在腹肚裡，憤憤反芻著世事運轉的怪現狀，時日一久苦水彷彿滲入肌理，餵養著我的情志，胃脹腹痛遂成宿疾，邪靈般驅之不散。於是，只能以毒攻毒，仰賴藥物引流，以嘔逆換取腹肚的輕盈。

即便吐出苦水治了標，沒多久又開始不忌口、暴飲暴食，或者放任自己靠近各種巧佞誘惑，彷彿要藉此試探內力。總要吞忍鬱積到消化功能停擺了，才開始尋求催吐藥方。如此周而復始，不禁疑惑：苦水吐出來真的一切就會沒事了嗎？

然而天底下又有多少事能夠一勞永逸？薛西弗斯式的複沓與徒勞早已成了人們認證的日常。病兆根治既不可求，能先改善狀況獲得一時寬慰，便覺彌足珍貴。若要歸因這心態為鴕鳥或小確幸，我寧可相信每個「一時」串接起來就是「一世」，誰能說這不算永恆、不是另類根治呢？

離開中醫診所前服下一帖速效藥，排毒為先，大抵是這個意思吧。找個人告解、吐吐苦水也是，筋肉結節鬆軟化開般暫得舒暢。雖然偶會遇上這樣的人，對流裡充滿他的作嘔，糜爛、塊狀、酸的臭的、或稠或稀，情狀氣味引得旁人也想報以滿肚子汙穢。他卻拒絕相濡以沫，試圖抵擋苦水：「不用說，我都懂。」「小事而已別想太多。」「那算什麼，我遇過更苦的。」再次嗅聞他那更苦的種種後，發現自己肚腹涵納了雙倍苦水，愈發脹痛難耐。

小學時一次班遊，遊覽車繞行山路途中有位同學忍不住作嘔，他的鄰座同學幾乎是反射性地掬起手心對準即將洩洪的口，不料大片嘔吐物溢出掌面，沿著指縫滴答流竄。密閉車廂裡酸腐粒子瞬間瀰漫，一眾人跳起來、掩鼻驚呼老師。只有手捧穢物的同學依然蹲在原地，以眼神擁抱暈車同學，寬慰一聲：「你還好嗎？」多麼慈悲，掬手為缽承接苦水，如佛陀以指磨藥渡世間苦厄。

在某些奇怪的時刻，例如櫜狀物又自胃囊逆氣而上，整個世界都聚攏成馬桶前一小方出口時，那幅手捧穢物的超齡畫面會倏地閃現。甚至嫁接一己為作嘔同學，恍惚間真以為有人願意為我接住苦難，跨時空帶來力量般讓內裡暖暖的，連按下沖水閥唰的疾響都像款款一聲慰問。

髒東西都漩入黑洞了，馬桶水位漸次回升，原本緊縮的橫膈膜及胃壁腹腔總算鬆口氣。站直身子，吸吐輕盈許多，感覺苦水吐出來，好像一切真的就會沒事了。

不毛之地

一己髮膚之事雖不致為魔鬼交易，然而對在乎形名皮相的人來說，失之毫釐真的都是差之千里

夏日中午外出用餐，往校門左側的東門街走去，行經辛志平校長故居時（現已是市定古蹟），發現日式宅院前的人行道上竟鋪滿路殺爆漿荔枝，抬頭一看訝異在這附近工作、覓食多年，卻沒注意到此處有一株會長出果子的樹。

有果子的樹總給我多子多孫的富庶感，也許是我連地瓜葉、綠豆芽都種不好，所以對於能種出一棵樹，長這麼茂密，還開花結了果，感覺特別神奇。尤其果實纍纍，每一株都令人為之讚歎駐足，果子若垂得夠低，通常都會引逗我摘一顆來嘗。即使滋

味酸澀，但想及從無到有，羅列眼前的均撐過蟲蛀鳥啄風吹雨打，心中便滿溢甜蜜。

「有」這件事的必要性對我來說就像試卷上的填空題，留白等於失分，無論如何填滿再說。關於有無的辯證，以前讀老莊時就似懂非懂，在現實生活裡更是如此。好像非得達致各種認證，諸如獎狀、頭銜、適齡該有的樣子，把自己掛得叮叮噹噹的，否則就不及格。還下意識認為「無」與「留白」是專屬於擁有太多的人稍事喘息或展現優雅用的，不是我輩偷懶的藉口。那些「有無相生」、「無用之用」、「無為而無不為」的教導都抵不過隨社會化浸染而來的，對形名的執著。

外相皮囊也是，輿論界定的審美標準經常透過各式管道有意無意地深植我心，總以為不具備那些條件就稱不上好。學再多「天下皆知美之為美，斯惡矣」的相對論，終究無法克服必須擁有什麼、具備什麼才合格的信念與執拗。

曾經，某個未在守備範圍內的有無問題，為我帶來長達幾個月的嚴重困擾。為求茂盛之名，我無法忽視不毛之實，沒有哪個追求美的女子能容忍秀髮怎麼忽然就禿了一大塊。有那麼一刻我能充分理解，黃春明筆下小琪的「那頂帽子」內所隱藏的傷害有多巨大，不只是壓力鍋爆炸而是核彈級。這確實是個攸關三千煩惱絲的形名執著。

後腦勺那塊五公分牛舌餅狀荒地，突兀橫陳在密叢叢的毛髮中，說來算是個術後禮物。「可能頭部枕在手術檯超過十二個小時沒翻動，所以毛囊休克了。」轉診皮膚科時醫生這麼解釋，我以為休克等於死亡，焦慮地直問怎麼辨是不是再也長不出頭髮了。

那塊不毛之地，硬是過了三個月始冒出一點頭緒來，彼時我才稍稍感覺放鬆，對於新竹強風硬要翻掀髮絲的惡意不再那麼戒備。據說頭髮平均一個月成長一公分，自髮根算起三公分，便儲存了過去三個月的生命軌跡，這意味著頭髮雖沒血沒肉卻有記憶，甚至有意志。歷經一場超乎預估時數的全麻手術，我合理懷疑頭皮與毛髮在潛意識裡抗拒著記憶，毛囊必是刻意昏迷三個月，此後長出的髮便不存有那場手術的印象。

術後回病房那晚，我夢見自己不斷被侵入，身體任何孔竅無一倖免，關於性、血腥、暴力與劇痛。縛在密室擔架上，快刀如箭矢，突刺後忽成詭笑臉譜下的陽具，轉瞬又為龐然列車，壓制填塞解剖注射和過曝的光，體腔灌滿鉛。畫面拼貼連番跳接而我無能遁逃。明明麻醉後便墜入比睡眠更深層的境地，大腦的神經遞質理應被藥物干擾得行動遲緩，當機般使記憶不再活躍甚至靜止，何以與世界失去連結後再度恢復知覺時，我的夢境會重現（或放大）手術裡的切割挖鑿？曾看過英國一項研究，有極少數的全麻患者在手術時其實有意識，只是麻藥中的遺忘作用讓他們以為真的斷片了。我無從得知自己的恐懼是源於手術記憶，還是術前瀏覽太多案例而衍生的揣想，只感覺被侵犯的那個夜晚非常漫長。

夢醒發現枕頭一片濕，劫後餘生般慶幸原來只是夢，擦了擦汗，鴕鳥心態地把枕頭翻個面，渾然不知上面沾黏的是頭皮壓傷後滲出的組織液。起初只感到後腦拋拋凸凸一條痛覺，但因麻藥退了後還有更多知覺在銜接，尤其最令人不適的術後暈眩，幾乎占去所有注意力，也就暫時沒去關切頂上的皮毛小事。唯一惱人的是，毛髮連著頭皮覆上一灘固著的膠怎麼摳都摳不掉，我一度以為那是手術時用來穩住頭部的黏膠，後來醫生哭笑不得說都全麻了還需要擔心你亂動嗎？

新聞裡看過一位西方網紅突發奇想用大猩猩萬用膠充當髮膠，一開始她還得意地直播定型效果，不料事後怎麼洗都洗不掉，甚至灼痛難耐只好跑醫院以手術離析膠水與頭皮，讓醫生用鑷子一根根救回髮絲。起初我也擔心類似處境，跑去浴室用力搓洗，不料幾天後頭髮開始一綹一綹掉落，像動物夏季脫毛毫不留情。

年少時曾領受過皮相帶來的善意，面對身體髮膚漸次衰頹，便特別敏銳易感。意想不到的是，狀態原來還可能一糟再糟。這能用「有無相生」來作解嗎？萬物相反相成、對立而生，若從來都沒擁有過，或早早意識到失去是必然，或許就不會覺得「無」的到來，是多麼突如其然、不可理喻了吧。尤其身而為女，誰能預料大把掉髮會發生在雌性荷爾蒙還旺盛之時呢？都還來不及哀悼黑色素逐步退敗、白髮漸次攻略領地，此刻竟要開始為髮絲連根叛逃而煩惱？

後來在皮膚科領了口服及外用藥，又自費購入生髮慕斯，把東西放進包包時還左右張望，顧慮他人怎麼看待一個不算太年長的女子居然在使用生髮產品。然而，有誰規定什麼性別或年紀就必須生成什麼樣子嗎？那些因受傷、壓力、病痛、用藥或其他原故而有毛髮困擾的，又何止如我臆想的如此淺薄。說到底，我是被形名執著給困住，暫且無可救藥。醫生交代為了刺激休克的毛囊粒線體，以加速頭皮血液循環，建議每周三次窄波紫外線B光治療，連續就診幾個月關進照光機器裡幾分鐘就好，可能的代價是乾癢、曬黑、生斑和老化，做好防曬也許狀況會好一點。衛教知識流水般暢朗，我的思緒卻淤塞難通。

照光可能引發的代價實在太令人在意。這是否意味幾個月後毛髮冒出了，我又得啟程尋醫拯救那急速老去的膚質。為了治療A而開刀，卻帶來B問題，要根治B又得擔負C風險，接下來還會發生什麼尚未可知。無止境的交換循環，以彼代此，我不是以金錢、時間和痛楚來做交易了，難道這樣還不夠？

安徒生《人魚公主》裡的小美人魚為了愛而放棄海中生活，甘願以美妙嗓音換取變身成人類的藥水。女巫說，喝下藥水後必得承受利刃分切魚尾的劇痛，就算獲致雙腿，每走一步仍會痛如刀割，如此尚無法保證能贏得真愛。即便童話，也明白昭示「並非所有交換都會等值」的世間邏輯，放手一搏不過是等一個機會，換來靠近希望的可能。

一己髮膚之事雖不致為魔鬼交易，然而對在乎形名皮相的人來說，失之毫釐真的都是差之千里。遵從醫囑回診照了幾次光，實在沒勇氣承擔後續膚質變化的代價，光是內心滋生的未來圖像，就足以產生恫嚇。於是自作主張放棄就醫，日日對鏡擠出生髮泡沫往荒地塗去，我的放手一搏是土法煉鋼，拉長時程盼它能長出枝芽來。等待的時日裡我得時刻防備強風，擬好一番說詞以搪塞被發現禿了一塊的窘境，乃至頭皮刺青、手術植髮的後路都預設了，連看到百貨公司展示上萬元的雷射生髮帽都曾經心動。每每以指頭試探發現仍是光禿一片時，便又火燒心般上網查解方，甚至回頭乖乖關進紫外線照光機裡幾次，一旦感覺膚色開始黯沉又下定決心停止照光。膽顫心驚度日，這也算是一種代價嗎？

最後一次照光前，從頭皮檢測儀裡端詳那塊放大幾百倍的荒原，表面斑駁淺褐隱隱綴有冒不出頭的黑點，我猛然意識到那是一處被烈火焚過的林地，植被、土壤都受損了，若要再度肥沃起來，不能以休耕後復耕的健康進度看待它。受過傷的心也得療癒得宜才能再度相信愛，重重跌了一跤馬上站起來向前飛奔者畢竟是少數。古老寓言裡，深諳種樹之道的老人郭橐駝說過：「其蒔也若子，其置也若棄。」凡事盡力後就隨它去吧，這才是順木之性。我決定放下「愛之太殷，憂之太勤」的躁動，再以半年時間靜待毛囊的復甦。

奇妙的是當這念頭一起，生活裡其他需要挹注心力的目標立刻接踵而至，日子一忙便不再那麼密切關注頂上荒地，甚至連塗個生髮泡沫都漫不經心起來。某天，毛髮忽然就冒出端倪，指頭一探竟沒有平滑處。我高舉手機往頭頂拍攝，驚喜發現密叢叢的林蔭間，一塊新生植被如鳥獸初生細毛，稚嫩嫩地正待茁壯。

「棄照光保膚質」這個交換的賭注好像露出曙光，有了勝算。經驗過「無」，確實讓我珍惜起「有」，無與有彼此等量貴重，靈光乍現般似乎領會了那麼一點有無相生、無為而無不為的積極意義，此後日日以髮梳按摩，犒賞那從未放棄生命鬥志的毛囊。當然，僅僅是靈光乍現。再一次強風來襲時，執著於髮為黑的我依然警鈴大作，又準備開始對抗白髮露餡的危機。

蛛網

日子彷彿有隱形的蛛絲縛著，戰敗的人如枯葉如蟲屍，在網中飄零

走在山徑，時常提防草間枝幹裡赫然一大張蛛網。有時上頭布滿點點露珠像發得成熟的水痘，有時小瓣枯葉或丁點蟲屍黏著蛛絲，在風裡伶仃飄掛。有時還會撞見生猛八隻腳鎮守網中央，密集網洞和多節肢總能成功啟動不適，令人渾身發毛。

即便謹慎繞過，心卻被攫住，適才的蛛網仍視覺暫留般殘影不斷。最怕遇上見獵心喜的頑童，拿起雨傘或樹枝便朝蛛網戳刺。突來的攻擊惹得網的主人張牙舞爪起來，稍一不慎還攀到傘尖枝幹上，小孩驚叫甩動，旁人跳開走避。此後心頭不平靜，

一路懷疑那蛛絲甚或蜘蛛會不會就附在我身上。

密集網洞和多節肢所引發的不適，究竟是普世現象或個人觀感？何以這類圖象能跨越感官，引爆生心理反應？不知可不可用「密集恐懼症」作解，患者看到群聚的圓形小孔洞會產生不適、反胃、昏眩、顫抖、頭皮發麻或起雞皮疙瘩等。「密」與「多」的加乘，使身與心陷入難以言喻的不安，而不安所引發的拒斥竟可能源於人類的自保本能。君不見毒蛇表皮、發疹傳染病或群集寄生蟲常有密叢叢或等距複數的圖騰，唯有自我防衛內化得夠澈底，方能迅速作出避開反射，及時救自己一命吧。

密集有時不在多，而在長，由無數的點串接成連綿的線。於是，暗處裡衛兵般的凝視，狗仔似地追探行止，也容易引發密集恐懼。撥開愛慕、關切、擔心的糖衣，連環注視已然是密不透風毫無孔縫的監看。最怕周遭有這麼一人，總是對你的出沒瞭若指掌，記憶著你的行徑、凡走過都會在他心裡留下痕跡，信手拈來舊帳歷歷，彷彿躲在暗處伺機誘捕獵物的蜘蛛，發出晶亮目光，隨時可將你羅織入網；甚或化為指導者，明示光潔路徑，照做便能避險，分明元凶卻儼然救世主。多麼悚然。

那讓人聯想到邊沁（Jeremy Bentham）的圓形監獄。隱於中央高塔的管控者居高監看環繞其周圍的囚室，百葉窗外視野無所遁形，被看的人只有悽惶不安的份。多省力高明，不必出手已然制敵。傅柯（Michel Foucault）挑明圓形監獄的管控像極了現代社會裡的權力與紀律，監視帶來怵惕，怵惕促成自律。我暗你明人人自危，唯服從守規可免禍。於是，形塑密集恐懼的不但在多、在長，也在「藏」了。

人我裡的蜜糖關係、咄咄語彙、緻密親族網，或各式情感牽絆，算不算？多節肢似地鎮守生活四面八方，孔洞如耳目，天羅地網疏而不漏。數具垂掛的蟲屍一再炫示蛛網法力無邊。

日常裡蛛網般的例事亦常如影隨形，重複、密集、一致。明明可各自為政，卻非得以群體之名；明明可疏朗處理，卻必繁複討論才顯得帶勁。縱使從壅塞的人際網絡或工作裡短暫出走，密密麻麻的表情和卷宗依然閃現揮之不去。

揮之不去的又何嘗不是內建的高塔監視者，密密麻麻的也可能是腦部幻生的臉譜。那麼，我們所想擺脫的就更鋪天蓋地了。

據說有些上鉤的夜蛾會奮力震脫身上鱗粉，以換取蟲體脫逃，大有斷尾求生的魄力。體型強壯的落難者則會反噬或搖破網絡，甚至靜待蜘蛛巡查靠近，來個正面對決。像是為密集恐懼症患者進行的暴露療法——在環境安全前提下，刻意頻繁接觸害怕的事物，久之便明白恐懼反應並非必要。不知這是習得無助的麻木與挫敗？還是成功產生了毋須反射自保的認知制約？無論如何，膽小如我光沾上未成形的蛛絲便渾身疙瘩，足以殺死求生意志，逃難時恐怕軟腳，遑論正面迎擊。

那順其自然，與天地間的蛛網並行共處呢？阻斷精神交互作用般，不聚焦於敏感標的。只是，想及周遭恐埋伏著活跳跳難以計數的節肢生物，或懸吊或盤踞，不停結網繁衍，尤其雌蛛被打死，其卵袋內成千幼蛛瞬間瘋竄的畫面……還能怎麼視若無睹，如如不動？

四周滿布雷射激光陣，動輒誤觸警鈴。除了閃躲、繞道，似乎再無其他。日子彷彿有隱形的蛛絲縛著，戰敗的人如枯葉如蟲屍，在網中飄零。

此刻不禁羨慕起頑童的膽識，幻想也拿起勇氣之矛向稠密網絡擲去。然後，俐落地拍拍身子跨過破洞，踏上前方清朗的山徑。

驅蟲

在真相不盡然是宜人風景的現實裡，我以為走在「偽怡然共處」的路上，有一天便真能通往怡然

天氣一熱，就容易橫空冒出浮飛的果蠅，小小的存在總無端令人在意。有時為了驅趕果蠅的盤旋分食，幾乎整頓餐都聚焦在手與蟲的攻防，餐間的談笑、食物滋味或應有的閒適都失了準。

如果鏡頭拉遠一點，會覺得那幅驅趕畫面很像狗追逐自身尾巴，周而復始得有點荒唐。當然，能夠以遠距離靜觀自己的膠著，是需要時間做代價的。在那之前，所有黏著不去的念頭都像縈繞在眼前的果蠅，引逗得人一心只有它，只想對付它。甚且更

為難纏，它蟄伏在胸口像一頭獸，帶有犄角、利齒和沉重的喘息，衝撞得心頭發疼偶或窒悶，連帶腦子也跟著發脹。持續不舒爽的異物感，有點像豌豆公主層層鋪墊的床褥下那一小粒豌豆，凸凸刺刺的，不移除不快意。

纏結的「念頭」有時不只是念頭，它會發而為一組詞彙、一個定格，甚或一個單音，雖不像獸那麼龐然，小小的疙瘩卻惹得人渾身不自在。比方某個時刻遇上的，他人一句意味深長的話、不懷好意的眼神、傷神的場面，或者奇怪的碰觸……發生時都是一瞬，但滯留心頭的時效卻很長。曾在一份科學報告上看到「耳蟲（earworm）」的敘述，內容印證了我那關於蟲與執念的聯想，那種不爽利的侵入盤踞，的確就像耳裡長住著一隻蟲。

「耳蟲」是指某段音樂有如蟲子待在耳裡持續發聲的現象，並非單音耳鳴，而是一段旋律、唱詞或副歌執意在腦海迴還往復。有陣子，當紅洗腦歌如筷子兄弟的〈小蘋果〉、Piko太郎的〈Pen-Pineapple-Apple-Pen〉或黑人抬棺材之類樂曲，不斷在群組瘋傳、在賣場放送，電視節目裡也反覆說學逗唱。長期浸潤下自己竟也能不自覺地就完整哼出旋律、唱出歌詞來，流利程度恍若腦波被控制，那已不是餘音繞梁而是達致魔音穿腦的地步了。論者稱耳蟲引起的感覺為「認知搔癢」（cognitive itch），「癢」這個字形容得微妙，凡癢必搔，愈搔愈癢，一旦發癢便無法不去注意如豌豆大小的癢處，於是什麼事都做不了，全副心神使勁地抓搔，直到流血破皮而為痛，那是更麻煩的傷口了。

癢雖無害，但確實令人難受到抓狂。認知上有了癢處、耳裡住隻蟲、堅持除去果蠅、胸口蟄伏一頭獸……大抵都可解為某種揮之不去的執念吧。反覆入侵腦內的執念如魔咒，咒語喃喃令人發癢，而這癢，可不比痛好受，漣漪似的、零星散布，難以找到震央對症下藥；也不像能登大雅之堂的「痛」可以說出口、容易引起關注，癢似乎比痛更為卑微了。然生活裡那些糾結在心的毛球，偶然發起便令人難安，不除之彷彿不得平順，如癢處不搔不快意。有時我也狐疑，對付這樣的念頭，除了驅趕，真的再無其他了嗎？

英國雷丁大學認知研究中心Beaman等三位研究者，曾進行一項實證研究，他們發現「咀嚼」會大大削弱短期記憶和聽覺意象，可以干擾聽到音樂的回憶體驗。結論是，嚼口香糖或肉桂棒便能減輕耳蟲現象。若將種種執念化約為耳蟲，那麼科學報告裡的驅蟲門道，不失為化解執念的一帖妙方。

同一年的《科學人》雜誌也有篇關於驅除耳蟲的報告，其指出咀嚼口香糖的行為，就像默默地閱讀、說話或唱歌，可削弱大腦形成語言或音樂記憶的能力。舉凡舌頭、牙齒或產生語音的其他結構，均可稱為聲帶發音器，而咀嚼口香糖有點生理性地，會透過牽制發聲器官來抑制聲音的記憶及循環。就像煩惱透了的時候，起身去慢跑一圈，操練到肌肉疲乏，胸口上的煩悶便可暫且被阻斷。那麼，找人說說話不知道算不算？也許透過脣舌和咀嚼肌的運動，真可抑制腦內不斷蔓生的執念。

咀嚼口香糖並非唯一良方，報告裡綜合提出幾種驅蟲法，包含分散注意力、專注特定任務、正面迎擊，還有怡然共處。讀著讀著，愈發覺得耳蟲只是一則難題隱喻，驅蟲的幾種方法儼然是解決困境的指南，錦囊妙計般值得玩味再三。

現實裡自己的力量與膽識，經常不足以勝任驅趕，更不用說正面迎擊。於是除蟲作法裡，分散注意力和專注特定任務，便是我慣用的技倆了。從生理和心理上移轉對耳蟲的注意並非難事，只須攬進許多任務把自己填得滿滿的，然後馬不停蹄地去專注，便再沒時間盤旋、沒空間以容納耳蟲。當然也可能，我只是摀住耳朵而已，聲音還在，難題還在。

有那麼一刻我也想過，試著正面迎擊會怎樣？

乾脆放大絕跟耳蟲面對面，從頭到尾連續聽好幾遍洗腦歌，故意聚焦在揮之不去的物事上。最糟不過就是回到原點持續耳蟲現象，是吧？報告裡說，人類天生有種完成事情的驅動力，只要完成的動機得到滿足，人們在潛意識裡就會放過已完成的工作，而把心力放在未完成的任務上。大多數耳蟲都是一小段旋律、唱詞或副歌，那像未完成的記憶碎片，反而容易固著於腦際。所以大可反其道而行，回頭逼視持續發作有如夢魘的執念，一次哭個夠、罵個澈底、徹首徹尾不逃避地好好經驗它。

曾有很長一段時間我害怕某些人忽然擋住去路，板起臉壓低嗓子準備翻舊帳。脣齒一啟刀刀見骨的畫面，光回想都令人戰慄，遑論承受刀口的當下，我只能慌忙掩耳、能躲就躲。然而，咄咄話語彷彿出入於無形的果蠅，穿透時空時時縈繞於腦際。即便後來只是到見他們坐過的椅子、出現過的廊口，記憶仍會迅疾召喚出痛覺。記得，L在聽完我那盤旋不去的恐懼後，分享過一個叫《愛蓮娜的貓》的繪本。怕貓的愛蓮娜在不斷被貓追趕的路上，始終惶惶不安於貓漸次逼近的威脅，她只能一直逃一直逃，怎奈連前方的路面都覆滿了背後那隻貓被熾烈日光映射出的巨大影子，恐懼鋪天蓋地。一次逃到無路，愛蓮娜忽然心頭一橫轉身面對，不料眼前的貓頓時化為乾癟的氣球，咻的一聲以荒謬姿態消失在空氣裡。我屏住氣與L對視許久，最後笑了出來。未完成的執念與情緒碎片，是不是被我拼湊得太巨大了。這故事我始終放在心上。

至於怡然共處，把耳蟲旋律當主打歌，成為生活的配樂，甚至隨它去，這大概是與執念共處的上乘之道吧。承認那就是自己的一部分，不逃亦不處理，與之同行，乃至視之無物，使一己出入於無形。我不確定什麼時候能達致這般境界，有時甚至覺得自己正走在「偽怡然共處」的路上。選擇蒙在鼓裡，不去看清恐懼，不意識到執念，大有「滄浪之水清兮，可以濯吾纓；滄浪之水濁兮，可以濯吾足」的隨緣自適。許多過不去的坎不就是源於看得太清楚嗎？看不見果蠅就不必費心驅趕，聽不清旋律歌曲就不用害怕耳蟲，感覺不到癢處就不會抓破皮了……顯然我只是一隻鴕鳥。然假作真時真亦假，誰說絕對真相，就帶來絕對快樂呢？在真相不盡然是宜人風景的現實裡，我以為走在「偽怡然共處」的路上，有一天便真能通往怡然，這樣就足以帶來快樂了吧。

如此一來，嚼口香糖、分散注意力、專注特定任務、正面迎擊與怡然共處，這幾種驅逐耳蟲的方法便近似一組密碼，它可轉譯為面對困境的口訣——動起來、分散、轉移、直面、悅納。與蟲的攻防，是一人的戰鬥，非常寂寞。但有些時候，也會幸運遇見一些人，他們分別充當這些方法的助力；歲月則幫助我們淘洗篩選，或許是什麼時刻該用什麼方法去應對吧。

科學報告體現的，不只是一則數據，它非常哲學，且耐咀嚼。閱讀的那個下午，一行行字句嚼著嚼著，便又一次架空了惱人蔓生的念頭。困擾我的果蠅究竟是否還存在，抑或我只是選擇不看見而已？也許無為有處有還無。抬起頭來，眼前乾淨，胸口疏朗，彷彿滄浪之水新洗後。

沐日

有時人們需要的，還真是勇敢地「入溪澗浴之」，一個人安安靜靜地洗淨面目、滌除髒汙，還原乾淨的初衷

沐浴時，心神的鬆弛程度應不亞於入睡時刻吧，抑或彼時感官多聚焦於自身，聽不見外界聲響，否則何以連神都忽略了四周驚擾，忘卻一己的安危呢？

以前聽過東晉郭璞《玄中記》一段關於仙女被奪去羽衣的神話，印象中我一直以為那六、七位由鳥化身的女子是在水邊沐浴時，遭豫州男子奪去羽衣。直到翻看原文才驚覺文中隻字未提沐浴，「昔豫章男子，見田中有六七女人，不知是鳥，匍匐往，先得其毛衣，取藏之……」分明是在田中，何來水邊？何以我會下意識加入被偷走羽衣時

女子們正在「沐浴」的情節？

神仙。沐浴。羽衣。這一組奇妙而緊密的鏈結，究其源，大抵形塑於另一則早在兒時便深植我腦海的民間故事。身著七彩羽衣的七仙女，傳說會在每年的六月初六和七月初七下凡到池潭清泉裡，忘情地沐浴梳洗、嬉戲歌唱。因之，許多風景名勝後來就有了仙浴潭、七星泉或仙女湖，彷彿圈地掛牌，便能證實真有神仙到此一遊。

《玄中記》裡那位被偷走羽衣的仙女，成了凡胎肉身回不了天庭，還與男子生了三個女兒。直到某天「知衣在積稻下，得之，衣而飛去」，尋得羽衣藏身處後，便迫切地披上羽衣飛向廣闊蒼穹，回到安心熟悉的所在。即便人間有情，天上畢竟才是自己的家。

「回家」這個詞彙所涵括的意義和作用，儼然是一針鬆弛劑，念頭一現或脫口而出的剎那，都有種神奇的紓壓療效。在還不能返家的工作區間裡，偶或陷溺喧囂中喘不過氣、腦子鬧哄哄地無法思考時，不知人們都怎麼尋覓心安處。茶水間？樓梯口？露臺抽根菸？外出踅一圈？或偷偷點開手機遊戲軟體？我的同事甚至躲進車裡小睡一會兒，搖下窗半掩著門很有計程車運將的架勢。而能供我暫得安歇、圖個清淨的，則是一方人們來去匆匆的便溺斗室。

在張愛玲〈紅玫瑰與白玫瑰〉裡，終日有違本性地面對人群、後來得了便秘症的烟鸝，每天要花幾個鐘頭窩在浴廁裡，「只有那個時候是可以名正言順地不做事，不說話，不思想」，蹲伏著看那雪白肚子的鼓癟起伏、肚臍式樣的變化，彷彿只有在白色的浴室裡她才能定了心生了根。這種關起門來的美好寂寞，也曾是我隱遁起來權充靜心的理由。呆望著門或鏡子，甚至孵在馬桶上成了石化般的沉思者，便能暫且把地獄關在門外。可惜世事變化非常，隱入廁所已不足以消化外界的喧囂，身心更需要的是隔絕與滌除，於是回到家藏身澡間的沐浴便令人期待了。

每當蓮蓬頭千軍萬馬灑下熱切的水，雨露均霑，體膚毛孔便爭相張口迎接恩澤，偶爾幾沫水星濺入眼裡都覺得水是善意的。攝氏五十度的水溫，使周身一下子升起迷霧，被暖呼呼的熱氣擁抱著，身上塵囂尚未滌除，一顆心就先被洗淨了。

抹上沐浴乳或磨砂膏時，我常會邊看著瓶罐上的說明文字：富含某某珍貴精華、萃取某某天然成分、添加某某稀有配方……像一串咒語，每讀一次彷彿就加持一次沐浴用品的功效，自我催眠般相信真能有效清潔毛孔、溫和去角質、滋潤肌膚，換來一副光采舒爽的身體。穢氣隨著泡沫溶出後，蓮蓬頭再次雨露均霑，白日裡、浴室外，那些吵雜的、壓迫的、色澤太過的、步調過於忙亂的……彼時都隨著水流、汰換的毛髮，及帶有塵埃的泡沫一齊旋入排水孔。在方寸浴廁裡，我擁有名正言順的短暫的定靜，腦子飄飄地，任淅瀝水聲帶走一身疲憊。聽覺多麼乾淨。

那必是進入心流，達致某種化境了。如同幼兒在某個角落非常安靜地從事神祕行為一樣專注，屏氣凝神到旁人悄然靠近都不自知，這大概就是神仙失守羽衣的祕密吧。全副心神都在舀水、梳洗或嬉戲歌唱，甚至閉著眼感受水流撫觸肌膚，倏地發現羽衣被盜，才驚覺太過沉浸於沐浴而使己身陷入險境了。然而，我很喜歡沉浸狀態的心動時分，入定般餘念不生，可遇不可求。

面對生命裡許多形式的強取豪奪，除卻捍衛，也許任羽毛隨他去也是一種應對方式。

要拿就拿去吧，蟬蛻一樣的羽衣。蟬衣無足輕重沒有生命，充其量是光陰的負累，成長的遺跡，丟失了好像也沒什麼好遺憾的。弔詭的是，褪去蟬衣才能羽化，如同拾回羽衣得以飛向廣闊蒼穹。失彼得此，倒有點禍福相倚的意味。時間經常在我這樣牽強附會、胡思亂想的沐浴時光中逸散而去，排水孔管道裡水聲潺潺，沒有逝者如斯的遺憾。

關於時間的戲法，曾在袁枚《續子不語．狗兒》一則農家子弟的奇遇裡見識過，那也是一記成長棒喝。小名喚作狗兒的某生，生來陰柔惹得爹娘不愛，寄居鄰家時被虐打只得四處流離，十六歲即過著餐風露宿的日子。有天在山洞裡忽被一陣黑煙燻燒，朦朧中好像看見巨蟒，追上去卻不小心掉進土穴，搞得全身髒兮兮，行乞時落得「群呼噪指為鬼物，以刃梃毆逐之」的下場。後來實在太餓了，發現草叢裡雜生一種斗狀植物，剖開、一口氣喝掉白色乳漿，幾天後竟全身發癢，「乃入溪澗浴之，忽黑皮蟬蛻而貌轉靡嫚」，我被這個畫面給鼓勵了，那是更勝一籌的東方版醜小鴨。

成長過程裡曾經不被接納的體貌、受過的烈火炙燒般的痛辣羞辱、被群呼噪指的團體壓迫，乃至不符合社會期待而被刃梃毆逐的種種，似乎非戰之罪，但歷經蟬蛻，一切都會跟著美好起來。所以那次沐浴彷彿洗禮，浴火後總會成為鳳凰的，多麼勵志。這樣的隱喻放諸人生各階段也許都說得通，畢竟成長不只是童蒙年少的專利。

後來呢，狗兒一帆風順了嗎？擁有更為靡嫚的外貌後，他想拜師學樂藝卻屢經波瀾，不斷遭霸凌揶揄，甚至苦心自學後還被嫉妒、引來殺機。離鄉四年的狗兒，終於決定返鄉，在一次演出中認出觀眾席裡的父親。結局非常美好，孝心感動天，得到長官厚贈，一家子團聚。幸福快樂的結局也許是身為一則故事的社會責任吧，總得讓人對未來有所寄望。

都說子不語怪力亂神，可是我總覺得怪力亂神裡有許多逸脫世間規則的養分。像是狗兒後半輩子的幸福絕對是自己掙來的，這大概是我覺得勵志的關係，起碼不是醜小鴨變身天鵝換張臉之後人生從此一帆風順這麼淺薄，他仍得靠自己的力量從眾人的進剿中突圍而出。跳入溪澗沐浴後人生變得奇幻，即使奇幻的一人奮鬥史，是那樣寂寞。

卻寂寞得非常實在。反倒是浴乎沂風乎舞雩詠而歸，那種一群人裸裎相見、慷慨激昂的壯志太喧嚷，令人深感壓迫。鎮日待在都是人的地方，愈容易浸泡在名利染缸裡難以脫身，隨著較量、評比、結黨、哄抬及排擠效應而來的霸凌揶揄、嫉妒殺機，常搞得人全身發癢坐立難安，一顆心烏煙瘴氣的。隨波逐流也有之，就像白天裡教育界不斷進行的詭譎實驗，看似換湯不換藥，我們卻得從簡單的籠子A，被驅趕到充滿滾輪、管件、跑球等各式道具的籠子B。口號喧騰、排山倒海而來的教改態勢彷彿不可逆，昨日之日不可留，人在江湖再怎麼身不由己也難逃群體宿命。有時人們需要的，還真是勇敢地「入溪澗浴之」，一個人安安靜靜地洗淨面目、滌除髒汙，還原乾淨的初衷。黑皮蟬蛻後便不再奇癢難耐，甚而「貌轉靡嫚」，好像真的洗個澡就可以重新來過，而且日子會愈來愈好的。

當初東坡仕途蒙塵被貶到黃州時，「所云出入，蓋往村寺沐浴，及尋溪傍谷釣魚採藥，聊以自娛耳」，他給朋友的書信裡說自己三天兩頭往寺院跑，淨身噤聲、淨心靜心，彷彿亟欲洗去一身動盪與塵囂。那麼，貴妃鍾情泡澡也是因為看透人性晦暗與官場的汙濁俗氣嗎？更早些的漢代，官吏每上班五天便得以休假一日，這小周末當時名之為「沐日」。多迷人的說法，文青口吻似地宣告每個人都需要有這麼一天好好沐浴梳洗，藉由澄淨身體，讓心靈得以輕盈。

回到家褪去官場皮相，裸身入水，體膚光潔沒有任何世俗的重量，那是最接近生命初始的時刻吧。包覆在母體羊水中，四周霧濛濛地如洪荒太古，靜寂裡只有母親與我的心跳，數著數著，沒有羽衣竟也隨自己的律動飄了起來。

聲音慶典

完成一件事，純然地去感受自己。然後明白，翌日又是新的陌生的開始

據說初生嬰兒的啼哭不是哭，那是學會呼吸、宣告獨立的第一步。迥異於溫暖子宮裡的羊水包覆，忽然來到亮晃晃的世界，冷冽氧氣瞬間湧入肺部，一股氣透過鼻腔口腔循環而出、倏地噴發，聽起來像吶喊像嚎哭，又像是身體裡的每個細胞奔相走告自己的存在。

此後每年的這一天，熱熱鬧鬧讓壽星成為焦點，慶祝活著，好像變成慣例，彷彿愈大聲愈明亮就愈有存在感。

尤其十二月，滿溢著慶生氛圍。學校生日、百貨公司生日、耶穌生日前一夜、耶穌生日當天（或說中華民國憲法誕生那一天）、新的一年要來臨的前一天，統統趕在年終壓軸登場。在我任教的校園，每逢十二月，舉凡校慶前每天中午的徑賽槍響、下課空檔循環播放以利學生練跳的大會舞音樂、校慶當天各項賽事和頒獎，或是為了慶祝耶穌生日而與友校合辦的舞會，還有迎接元旦前的倒數，每一項都勢必伴隨著尖叫，那是青春的吶喊，是當下細胞極度感動、血液異常沸騰的證明。

許久以前，我也誕生在十二月夜晚最長的那一天，來到亮晃晃的世界，處在必須明亮的職位，經常戴著一張微笑的臉，時不時總得送出溫暖。初任教時的能量尚可支應現實所需，彈性韌度亦能隨俗僵仰，即使背離了找份毋須過多言語的工作的初衷，但覺在上班時限內扮演另一種樣子也未嘗不可。殊不知踏入職場、有了家庭，上工下工沒有界線，鎮日是喧囂、勞動和付出，若能藉此感受到存在價值，勉強也算良善的互饋。然而世代替換快速，資訊擷取再進化，站在講台身為授予者，愈發自覺知識之囊如洗，我還能給出什麼？這疑惑始終如迷霧繚繞不去。也許我該早點認清，夜漫漫晝最短這與生俱來的本色，執意釋放熱力、製造明亮，便是與天命作對了。

無怪乎我經常覺得累。尤其來到十二月，好像站立許久，血液裡所有穢氣都往下沉，沿著月分一路沉到十二月，那是一個厚重如積雪的季節。不知是外面空氣太冷還是我的體溫已用光，時序一入冬，影子便持續褪色中。身體與腦子像要為休眠做準備，不斷進食巧克力和醃橄欖，胃袋裡千層蛋糕似地一層甜一層鹹。積累太多想做的事和該說的話，身心卻執意要冬眠，中西各式藥方，乾脆一次吃下去，而節慶聲量似也跟著加入醒腦固胃的行列。於是，我的身心在休眠與喧囂的拉鋸中又度過了一個安寧不得的冬天。

大概對聲音受端來說，尖刺聒耳的分貝容易令人毛躁。每當聲響如浪潮陣陣湧入，耳蝸內的毛細胞便興奮地釋放神經遞質（不知為何我總聯想到貓咪炸毛的畫面），信息傳至腦中樞，我的心神就容易產生一種聽到指甲刮搔黑板的悚然反應。人類聽覺舒適上限是七十五分貝，八十五分貝以下尚不致於破壞耳蝸內的毛細胞，而我鎮日處在九十分貝以上如嘈雜酒吧的校園環境裡，竟也安然十幾年。因此，又一次從各項熱鬧活動中安全過關時，我愈發打從心裡敬佩耳朵的盡忠職守。

有時不必是沸沸騰騰，不對的頻率也讓人坐立難安。例如無論如何都難以令人喜歡的會議和研習，時間如此寶貴，卻得鎖在一個時空裡當聽眾，試著附議或背書；還有一些不得不的被咆哮場合，總得洗耳恭聽接受訓示，成為怒氣消波塊；不對的頻率也包含一種近距離的窸窸窣窣，那是蚊蚋般嗡嗡作響縈繞身旁的他者交談，音節太清楚了以致大腦走心去專注這些對話；而令人專注的源頭還可能是太安靜了這環境，所有聲響彷彿一葉葉、一聲聲，空階滴到明，寂巷內倏地一聲長嚎般擾人清夢。難怪曾有研究說，七十分貝以內咖啡館群聊般的音量背景，才是最適合定心專注的所在。

那麼，有點安靜又不太安靜的地方，最適合安放自己的心了。在那樣的聲量下，我可以安然隱身又不至於寂寞，周遭聲響彷彿伴著我，各自運轉互不干擾。眾聲喧譁而路徑平行未有交集，一路又能彼此相偕前進，大有「鄰國相望，雞犬之聲相聞，民至老死不相往來」的意味。

就其本，這是人之於世界他者的存在意義吧。你我不過是彼此的過客，有幸相遇、擦肩而過，或者前後踏進同一座咖啡館，若能聲氣相求，那是最幸福的事。然現實多半是，你有你的目標，我有我的方向，毋須費心期待互放光亮的時刻，更別說角力、攀比與惡鬥，多耗。橋上偶遇的黑羊與白羊，後來都明白了各自後退再分別前行。偌大世界裡，個人有個人的路要走。

因而在咖啡店、百貨賣場或速食餐館各式喧擾的包覆下，反倒令人感覺自己渺小得非常踏實。記得有個繪本是這樣的，第一頁整幅畫面是小男孩在玩球，下一頁鏡頭拉遠，我們看見公園裡有個小男孩在玩球，再下一頁城市裡有座公園其中有個小男孩在玩球，接下來的頁面是島嶼上有座城市裡的一處公園有個小男孩在玩球……島嶼外是各大洲，洲之外有地球有宇宙，或許還有人類有限知識之外的世界。每翻一頁，小男孩的身影就愈發渺小，如在手機上操弄google map，指頭滑動間某個地標瞬時限縮，四周版圖則不斷擴張、膨脹。

我曾試著反向翻閱繪本。當圖像輪廓逐頁倍數放大，直到小男孩的龐然身影占滿視線，那一刻，某種顛覆意義倏地誕生。「我」之於他者，與「我」在我心裡的位置，彷彿在此找到對應。

如果可以任意處置周遭，把不喜歡的畫面翻頁，讓它縮小、切換視窗，甚而關掉音量，但見他者脣瓣開闔如缸裡吐沫的魚，身心多輕安。有沒有可能，「感官我」只是個與世界相觸的載體，「心靈我」可決定暫時關閉哪扇感官的窗，讓肉身出入於無形？

當感官逸脫心靈，透過服務他者讓自己更靠向他者，如此廉價的拉攏在某種意義上便是背離了自己。這大概可解釋米蘭昆德拉為什麼要說kitsch（刻奇／自媚／媚俗）是生命中不能承受之輕，自欺原來是生存之必要。諸如哭，或許並非催發於打從心裡的感傷，而是我們認定此刻應該要傷心，透過表現出正常反應或崇高情感，我們得以融入團體，並取悅自己（的認知）。不知道周遭聲量諸如尖叫、哭泣或歡笑，還有我那徒勞的熱力，算不算「感官我」企圖達致社會化的表徵，我們有意無意間藉此以更靠近心之所嚮的彼端。當然，有時哭是因為真的傷心，發聲是真的想說話。

幾年前，懷胎許久的博論總算天時地利人和地順產了，再隔一個月恰好趕上畢業典禮，屆時盛大排場、人潮與聲量勢必不亞於慶祝聖嬰滿月。系辦助教調查參與意願，我理所當然地勾選「不克參加」。不久得知典禮進行方式，又改變心意了。

畢典那早，一人成團北上進會場，防疫規範把觀禮者隔絕在網路另一端，尖叫、哭泣或歡笑都被消了音。應該要熱鬧的場子沒那麼熱鬧了，然不必呼應友朋親人的情感，也毋須收拾熱鬧過後的惆悵。典禮一結束換上便服又驅車回工作崗位，剛好趕得及下午兩點的課。此前一晚，我安靜地在房裡掛起學位服和披肩，縫製新嫁裳般梳理了脫線處，慎重熨貼好皺褶，最後以指攏齊帽穗，開心地告訴自己明天要去畢業了。

完成一件事，純然地去感受自己。然後明白，翌日又是新的陌生的開始。

就像九月的校園如宇宙初始，高熱高密度，滿懷期望的人們恰似盛豔的花。花開得熾烈之前，是六月的離別季，雖說聚散乃生命裡必然的循環，可是我總覺得結束不是另一個開始。花開是花開，花落就是花落，聚與散，希望與悲傷，生與死，即便關係相依，各個現象卻是獨立的存在。

很喜歡蔣勳在《品味唐詩》裡對王維〈辛夷塢〉的詮釋。關於「木末芙蓉花，山中發紅萼。澗戶寂無人，紛紛開且落」，他說「芙蓉花」是王維，「紅萼」也是王維，詩句談的是個人生命的完成，在寂寥無人的時空裡，「我們能不能找回自己為自己『發紅萼』的時刻？」

「結束」與「開始」被賦予了更美麗的連結，那是絕處逢生、又一次綻放的機會，昨日之我成了現在之我的養分。

這麼一來，我們隨時處於新生狀態，能夠歡慶的場子全年無休。與周遭繁花相偕而行，在蜂鳴鳥唱裡兀自開花兀自落。然後在某個為自己發紅萼的時刻，清楚聽見從蕊心遞送而來的，飽含精神的單音。

輯三

小公寓

隱身術

衣物是一座護身堡壘，讓身心的線條和形狀得以有安全的歸所，只要心扉鎖得緊，便無人可登堂入室來侵犯我

行經竹北某條大道時，很難不注意到一座顯眼的豪華私宅。外觀望去，各式巴洛克經典元素層疊拼接，甚至洛可可的金碧輝煌都被調度到室外圍籬來，整棟建物的表情張力十足，盛裝濃抹般富麗繽紛。細看每層樓，圓拱窗框無不精雕細琢，各個外推陽台均佇立一對對姿態各異的小天使雕像，壁面上的橫飾帶、簷口、假壁柱、三角楣、轉角鐘和直立圓柱，其材料、做工和醒目程度完全沒在客氣的，就怕沒人注意到它似地非得集群星光芒於一身。

號稱小羅浮宮的宅第，住著一位起重業大亨和他眾多妻兒及開枝散葉的親族，幸福非常繁複。然而，就像歷來建築師對於less is more或less is a bore的爭論，簡約繁複各有擁護。是否要以琳瑯裝飾來豐富建築的視覺及身價，抑或強調機能重於造形，以簡單透析的樣貌呈現居家便可，真的就關乎個人審美價值及生活偏好了。未談及造價，乃因簡約與繁複並不完全能以斥資多寡劃分，君不見清水混凝土所營構出來的素雅禪意，其做工並不比奢華裝潢簡易。

因而讓扮相看起來輕鬆隨興，彷彿天生自帶氣場無須過多外飾，就感覺比穿金戴銀、把所有家當往身上攬還要迷人，甚至貴重。至此稍稍明白less is more那種「似非而是」的趣味。美國建築師艾波頓在解釋他對一幢別墅的設計時說過：「我們特意努力創造各種空間與細節，最終要讓它們像是出於自然，沒有任何人工雕琢。」就像「比利．懷德的電影風格，你感受不到導演的安排，只會完全融入他說的故事裡」。這太高竿了，透過刻意經營還能散發恍若未經人工雕琢的自然感。令人聯想到穿搭率性又不失性感的法國女人，單憑衣料上幾項元素和乾淨線條，即使只有黑白色調都能美麗得風情萬種，無人不為之神魂顛倒。

實則不只聽過一次，其背後的小小機心是：致力於讓自己的裝扮看起來毫不經意。比方，出門前對著鏡子把整齊的瀏海撥亂一下，最好耳鬢也垂落幾綹髮絲；襯衫鈕扣解開上面幾顆，衣服下襬別紮太齊；香水往空中噴灑讓身子輕沾霧露，口紅塗滿再抿掉一些……處處精心於讓別人感受到如何不精心，看起來不經意，其實比精心打扮要更精心。高竿的建築、高竿的電影、高竿的穿搭，彷彿完美整形術，一張臉看來舒服自然毫無斧鑿，直逼天生麗質母胎美，會不會也是一種高竿的隱身和藏心？

衣物如建築帶有歧異豐富語彙，它負責人體的裝潢、外飾，一款穿衣風格便是一種我身主義。相較於時尚前衛的穿衣品味，我經常斟酌再三，總覺人為主體，衣著是幫襯，若衣物凌駕於身體及臉譜而喧賓奪主，那就是以走秀、cosplay為訴求的服裝展演了。於是穿搭時，常規避有意造成曖昧隱喻或不協調的尺度，寧可穩扎穩打、保守上疊，把自己活成跟四周表情一致、隱身市井的立方建物。所以像竹北路口那幢以奢華外貌引人注目、渾身繁複講究的佩戴，說什麼也不太可能出現在我的現實裡。

目不暇給的衣飾，常耗費我太多能量，於感官於心神都是。年輕時習於簡單式樣，一片肚兜般的上衣也能穿出風格。年紀愈長愈仰賴遮掩，銳利的、直白的、赤裸的，都不得不修飾。周身衣物亦如年輪，層層增生、質地愈發堅韌，彷彿穿上盔甲，好讓長大的自己有足夠力氣應付滿是戰火的世界。於是漸次引渡到生活來的社會辭令諸如：領口、項鍊、耳環、胸針、腰帶、套裝、高跟鞋，也成為一種武器。慢慢地，在磨合裡學著區分衣物的場合性，甚且引虛入實注意光線與背景的搭配，即使衣著不華美但看來舒適得體，也暫且能讓自己在團體中安然無事。

倒是從年少伊始，我身始終不見繁複，飾品衣物即便疊加，也少有蕾絲、緞帶、亮晶晶的華麗元素。衣物之於我，如原始家屋之於人類，乃用以遮風擋雨，一身華服站在舞台中央供眾人讚歎，未免太赤裸。隨著涉入人群，愈覺得衣物的障蔽功能不只是對抗寒暑和外傷，有時還可遮掩不足為外人道也的一切，比如口罩之下藏起表情，順勢免去社交，真面目便能得到庇護；又如擁腫不再俐落的身與心，還是不要輕易見客好。衣物是一座護身堡壘，讓身心的線條和形狀得以有安全的歸所，只要心扉鎖得緊，便無人可登堂入室來侵犯我。

古老的訓詁學家劉熙在《釋名》如此解釋衣服：「凡服，上曰衣，衣，依也，人所依以芘寒暑也。下曰裳，裳，障也，所以自障蔽也。」又解釋內衣為：「心衣，抱腹而施鉤肩，鉤肩之間施一襠，以奄心也。」除了障蔽寒暑，衣物掩心論，似也有了來自遠方的支持。穿上衣物，竟也能施展隱身術，我尤其喜歡「心衣」之名，好像賦予衣物護衛使命，它生來便要保護我身、我心，就算只有「一襠」之單薄，也無法藐視它的正氣與存在。

法國女人也善於經營心衣，在看似不經意的外在下暗藏款式成套、透膚質感或蕾絲勾邊的內裡，多麼精心的引誘。在充滿損傷的世界裡，沒有什麼是容易令人放心以對的，或許，開放自己對誰裸裎，連貼身侍衛般的心衣都撤下，便意味著願意相信誰、把一顆心給交出去了。

裸裎而無衣物庇護也能感覺安心，多好。如初生嬰兒，體膚所觸都是自己的世界；又如有神助，能出入於無形，無畏槍彈或稜角。魏晉時的阮脩，論及無鬼思想時曾說：「若人死有鬼，衣服復有鬼邪？」姑不論其無鬼之說的證據是否充足，一句「衣服復有鬼邪」令我頓生畫外音，何以證得衣服無鬼？難道衣服不具個性、沒有生命嗎？思辨至此，衣物似已脫離了它最世俗的功能。當衣物不再只是避寒保暖、抵禦外傷，發而為個性的產物時，就像房子抽離自最初蔽日擋雨的功用，搖身一變為時代進化的指標，標誌著主流認同的美學價值。各種非主流之建物及衣飾甚且是生命格調的彰顯。建築不再是客體，不只是人類附屬，它們有涵義豐富的使命和歷史性，衣物亦然。

說到底，生命之來去就是裸身巡游於天地，所有外飾也都只是外事。此生，我們有幸與某些衣物相會，各取所需，成就彼此的姿態。當我們夠強壯不需掩護或裸身復歸於大地的那一刻，衣物也將成為他自己。

近來女孩們時興在課室或通勤車上用髮捲為瀏海造型，巧妙的發展是髮捲成為裝飾，甚而嬗變為款式多樣、顏色繽紛還鑲有水鑽，恍若長出面目與意志，能否完成曲度任務已在其次。一次見幾位額前覆有髮捲的女孩，慵懶相偎著各自滑手機，即使要廢，依然美得不可方物。我不禁莞爾，靜靜地從她們身旁走過，順手梳理了一下被風吹亂的瀏海。

白色花火

縱使一切終將燃盡，寂寞的
到來無可避免，然而花火盛
綻剎那，多麼值得喝采

「回去的路上，她突然說想放花火……我們靠得很近，屏息守著那小小的、細碎的、純粹的火光。一支支燃盡，水聲清長。她笑道：『這就是日本的夏天，其實非常寂寞。』」好日系的初萌感，寂寞這麼美。蘇枕書《有鹿來：京都的日常》這一段關於京都夏日祭典的畫面，不知怎的總令人聯想到女高校生的園遊會。

我任教的學校每年會在春末白日舉辦園遊會，書裡那屬於兩人小小的、細碎的、純粹的火光，怎樣也不會是校園一景。但或許都同樣帶著燦爛瞬逝的質地吧。女高校生的日常與手作，總讓人無端雀躍，一種清清淺淺的美，季節限定般，過了這年紀就再也回不去。

平日不對外開放的校園，即便訪客，也得換證掛上名牌，國家認證般標示我通過檢驗、合格安全。但園遊會這一天忽然就門戶洞開，不必攔檢，歡迎自由來去。以班級為單位，一頂頂紅白帳篷下有各式攤位團簇叫賣，經過校門很難不被慶典般的喧鬧給吸引進來。買賣人潮窩在一起，樂音、尖叫、歡笑，沒有教科書與考試，真有馬戲團瑰麗奇幻的氛圍。

王溢嘉〈想和馬戲團一起離開的人〉提到導演柏格曼（Ingmar Bergman）和費里尼（Federico Fellini）的作品常營構出魅惑人心的夢幻世界，這可能源於他們各自在童年時代有過跟著馬戲團一起出走的想望。馬戲團太絢麗迷人了，讓人看著看著禁不住就相信天涯某處必定有個更適合安置夢想的地方，於是著魔般幻想跟著格林童話吹笛人的步伐，晃晃蕩蕩地去遠方。漂泊、飛翔與流浪，多麼輕盈虛幻，彷彿透過這些詞彙的引渡，我們就能脫離現實重力與包袱。狂飆年少時的迷途不知道可不可以用這作解釋？當脆弱又熱切的內在與冷冰冰的現實產生扞格時，多需要一個容許「長不大」的所在，它能暫且為我們守住小小的、細碎的、純粹的火光，縱使一切終將燃盡，寂寞的到來無可避免，然而花火盛綻剎那，多麼值得喝采。

「電影，其實就是柏格曼和費里尼的馬戲團，它們在召喚那些想要跟他們一起離開的人」，那麼不只是園遊會了，各種具時效的歡慶場子如廟會、婚宴、流動夜市、假日市集，都有充足條件召喚人們短暫離去。華麗音聲交織著霓虹燈影，映射在一張張嘉年華式的笑靨上，穿梭其中感覺每一步都像踏在琴鍵上，那是通往另一個世界的前奏。

在有夢的年幼時代，我常期待一周巡迴一次的流動夜市。夜市裡的空氣流竄著燒烤煙霧與電子音樂，各式電玩機台閃爍的流光、琳瑯冰品熱食，常引逗得人感官駐留，貪婪地想浪擲所有。然隔天放學再度行經那片場地時，氣味彷彿還在，視野卻空蕩蕩令人悵惘，感覺昨夜的熱鬧如蜃景般虛無，甚至懷疑那只是一場夢。我感到困惑，為什麼不能天天都有夜市？場地空著多可惜。攤販離開後又到哪裡去，為何要像遊牧民族不斷遷移，我們這裡不夠好嗎？我寧可相信他們必須如馬戲團巡演，才能把歡樂散播給每一個有夢的靈魂。

長大後到異地旅行，特別鍾情市集和當地超市。即便沒有音樂與流光，偶有啁啾幾聲人語，甚至靜謐得像走進鄉間小徑，雖不熱鬧但異地氛圍和物拾仍讓人感官為之貪婪、著迷。尤其是異國，總覺難得來到這裡，當然要好好融入只有當地才接觸得到的物產與生活，什麼滋味都該嘗一點，像是炸刺槐花、椰絲捲、黑人在大鍋裡翻炒的栗子、大麻巧克力、整盆販售的野莓漿果、生八橋、鷹嘴豆餅、鴨仔蛋、煙囪肉桂捲、奶油牛脊肉、楓糖咖啡豆……這些詞彙在回憶裡複誦著，錯落有致像奇妙音節，拼湊起來便是一支流浪到遠方的舞曲。

「難得來到這裡」也意味著我之於該市集，我更像遊牧民族、巡演的馬戲團，不知道他們是否也如幼時的我，會為旅人的來來去去感到悵惘？

曾經來到奧地利高薩，下榻民宿的大片落地窗外有一襲如茵草原，遠端綿延著覆雪的阿爾卑斯山，即便是夏季，仍覺空氣清涼如薄荷。「這裡真像天堂！」我對有著銀白花髮的女主人讚歎道。

「是啊，我一輩子都住在天堂裡，沒有離開過。」獵犬Vivi撒嬌地膩在女主人踝邊，偶爾來我這磨蹭一番。

撫著Vivi背上比鵝絨還細的短毛，捏捏兩片薄垂耳，一個上午一下子就過去了。生活在天堂，沒有離開也可以是幸福的。那麼毋須漂泊、飛翔與流浪的引渡，不必出走，也可能在現實裡活得輕盈虛無。

有時天堂就住在我們心裡，或在一次又一次的想像裡。花火一支燃盡再燃一支，接力式地嫁接起虛幻的時日，好像也足以延長幸福期限。如雪地裡那位賣火柴的小女孩，在一次又一次劃開的火光中得到曇花式的溫暖，即使希望和幸福都是補釘而來，但願意珍惜、護持這小小火花的心意，多麼神聖，令人敬佩。

能夠鎮日處在一個長不大的地方，或許也是幸福的吧。在女高校任教，周遭是永遠年少的靈魂，女孩的尖叫與歡笑有如馬戲團裡瑰麗的音符，帶著迷人的異時空氛圍，在在引逗得人感官為之駐留。從校門口走進來的訪客們，也是來感受花火盛綻的青春時光嗎？那麼，校門無疑是通往另一個世界的入口，人們偶爾需要一場短暫的出走。看著人潮自帶餐盤、環保杯，攤位附上紙吸管甚或用粽葉盛裝食物，女孩們賣力推銷自家產品，校友回來捧場，忙亂的後台或客人隊伍裡均有導師、家長殷切投入的身影，一幕幕令人不禁生發這是個充滿敬意和祝福的祭典的錯覺。

多年前夏天在日本京都，在祇園祭的熱鬧中收到許多團扇，穿梭於浴衣人潮裡尋覓熱食，可惜沒能停下來買烤筍和冰鎮黃瓜。記得山鉾車上掛著很多神社裡也有的白燈籠和白布幔，白色真給我日式的感覺。女高校生的園遊會就是一場日式慶典吧，從遠方歸來或即將到遠方的人都齊聚一堂了，笑聲朗朗，花火瞬息，彷彿在歡慶這就是青春專屬，一張稍縱即逝的空白畫布。

斗折蛇行的課堂

在腳步過快的混濁現世裡，
能夠學會暫停或遺忘，或許
是呼吸之必要吧

雜誌編輯告訴我，邀稿主題是要談談教學現場的師生互動。當「翻轉」、「實驗」、「創意」這些字眼，陸續出現在信函接下來的敘述時，我想自己是無法駕馭了，一心想著要婉拒，但不知為何鍵盤送出的竟是「謝謝邀請，我試試看」。

我常學不會恰如其分地拒絕，以致接下來腸枯思竭的日子裡，不斷後悔當初怎麼不秤秤自己斤兩？這樣的冒險心態也不時穿插在生活中，比如經常在高鐵車門關上的剎那，一腳踏上旅程，暗自慶幸又戰勝時間一回；沒有意識到身邊大小事已經左支右絀，還是答應了一場講座。我彷彿喜歡與時間競逐，又不善於直線抵達。迂迴瞎闖的慣性或說憑著感覺走，更是大大方方地走進教學日常裡。

這幾年陸續為高二語資班開設過古典詩詞、現代小說、議題文學等專題，無關乎自己專長，就是揣測學校或學生需要什麼，那就開設課程吧。其中，「議題文學」專題名稱的發想源自於幾位學生的課程圖像。相較於抽象體裁（比方散文、小說或古典文學），她們對主題式文學似更有感覺。於是情感介入、兩難抉擇、俠義武打、犯罪心理、青春成長、穿越小說、性別跨界、耽美文學、總裁系列等，成為每月主題，每位學生輪流負責一周，中西古今文類各具，有影片有 ppt 有講綱，全由學生來，老師要做的就是營造「偽」下午茶的輕鬆氛圍了。

我無意達到怎樣的教學目標，第一堂課就明言「教學進度表」是寫給學校看的，我們有我們的事要做。上半年，聊天、吃吃喝喝、看影片、聽講座、讀一些書、討論小論文想寫什麼，被我催促著上台做報告，糊裡糊塗的，可是感覺她們很上道。私塾般可以與老師直面對話，也曾是我中學時的想望，師生能在課堂裡放心思考、說話，是教與學令人期待的樣子。

下學期的小論文寫作和上台計時報告是場硬仗，緊迫時程讓師生交出成果的效率自然熟成。刪刪改改退了再來，師生在小論文架構、認知、意識形態和格式細節中糾結拉扯、互相折磨。每次總要嚷嚷來年不想再當專題老師了，但下個學年重來時，卻又像原本在產檯上聲嘶力竭絕對不要再生了的產婦，沒多久又歡歡喜喜迎接下一個受精卵。產痛記憶如超音波感熱紙上的字，時間過了，熱辣辣印記也就褪了。

一再陷入專題教學的輪迴，也可能是，能與學生直面對話，更接近我現下的想望。看著學生無視老師存在，在課堂裡模仿起總裁霸愛的台詞，批判之外又興奮又害羞又嘲又諷又愛看，帶點衝突卻是青春專屬，因而有著令人留戀的理由。偶爾，學生腦子當機，參與討論的「緩」近乎「忘」，都不由得讓我想起自小被教導要專注，卻沒人告訴我其實不專注也行。太常勉強自己去融入、聚焦、加快速度，只是加速忽略自我、過度纏結而礙了前行的路。

在腳步過快的混濁現世裡，能夠學會暫停或遺忘，或許是呼吸之必要吧。

可惜不是每個地方都容許斗折蛇行或慢走，經常在「一己」與「眾人」的世界裡擺盪，即使知道外境紛雜，沒有絕對二分法，然而在教師／教學的場域裡，集體式的共備共讀共享共好，令人感覺壓迫，彷彿沒有群性就跟不上時代。並非這類研習誘發逃脫本能，我反而喜歡待在密室裡的安定感，我以為迷人的講演自帶靜謐磁場，只消靜心打坐便能獲取更多能量。然種種名之為變革、創新、活潑的東西，常以略過教學者步調之姿，排山倒海而來，逼得我能量渙散、快要溺水。

有次研習完歸來，走出高鐵驗票閘門，我累得在大廳坐一會兒，座位左側一位做工的師傅，比我早起身準備離開，卻忽然回頭拿出一條毛巾拍一拍剛才坐過的椅子。我震驚看著他離去的背影，幾乎要落淚，那是種為他人好的體貼，而其實座位上原本並沒有什麼灰塵啊。也曾在往新竹尖石的路上看見便利商店門口，一位農人把雨鞋脫下，朝著牆面敲一敲鞋底泥巴，再穿回去走進商店裡，這讓我想起父母，他們都是真誠把「好」留給別人的人。

在教育現場待了許久，我很少覺得核心素養的生成會在教室裡、或在試題裡。

學校只是生活的一部分，生活應該就在生活裡。那些勞師動眾、且戰且走的實驗性變革，過度期待學校課程能夠達致什麼使命，不斷加諸素養目標於一門課程裡，相關演示總以互動表演來形塑課堂應有的樣子。改革成效尚未可知，典範轉移不過是個循環。然隨之而來的研習、表格和評鑑，早已令人疲憊地像在轉輪上不斷奔逃的白老鼠。

曾經來到西雅圖的Ballard Locks，想看看水閘門和洄游鮭魚通過魚梯的樣子，身形胖嫩嫩的解說員，臉型帶有西方人與生俱來的深邃與立體，笑起來嘴角甜蜜蜜的，聲線格外清脆，當她領著我們到戶外進行介紹時，過久的解說和排隊，讓我失去耐性。

我忽然想逃離這個團體，斷絕我之於他們的隸屬關係，那些解說內容不出我所認知的範圍，我不想等其他人，我要獨自前行，想快一點到達未知的領域。

不知道有多少學生在面對學習時，跟被導覽的我一樣，毋須亦步亦趨？或者也喜歡密室裡的安定感，只想抄抄寫寫，聽課當作休息？而我的教室，又能容納多少種行走的速度？

記得，在進行「兩難抉擇」主題時，學生以互動式電影遊戲《底特律：變人》（*Detroit: Become Human*）為引子，從具有自主意識的機器仿生人與二〇三八年未來人類的對決情境中，碰撞出 to be, or not to be 的遊戲關卡，打鬥懸疑刺激之外，隨著劇情所拋出的思考，已足夠玩味一個下午，甚至需要用一生去驗證。

柳宗元政治失意被貶到永州時，常寄情山水以排遣憤懣，他在〈小石潭記〉裡記錄著往潭邊西南望去的景致，「斗折蛇行，明滅可見。其岸勢犬牙差互，不可知其源」，一條小溪迂迴如曲折的北斗七星和蛇行，岸石則如犬牙參差錯落，再遠就看不見了。莫非柳宗元在回望來時路？又或暗指前途渺茫未可知？生命中許多被視為理所當然的路走到後來，倏地遇上兩難，我們才會意識到許久以前的正確，不必然會帶來一路順遂。如果抉擇只是帶來不同風景，非關成敗，那我們真有必要患得患失嗎？或者，思慮過多、規劃太密會不會也限縮了看見不同風景的可能？

於是，「斗折蛇行」成為我迷路的理由，出發前不做太多準備、沒有一定要去的地方。一路上也就不需太多正確方向的加油和引導。即使要走的路顛簸如犬牙，時而倉促，時而刺痛，然遠方的光亮隱隱約約。柳宗元不會知道小石潭西南的那條溪，一路透迤從唐朝緩緩地流進我的課堂裡。

餘地

這世間若有能夠留戀的物件，就存在為之振奮的理由。那麼，就算為一人而說，也是值得而且美好

七月的長途旅行之前答應一篇稿子，以為能如常提前交出，準備行李時特地放了一本小筆記在背包裡。我告訴自己，空檔時刻就間或完成幾個片段的書寫。

我的書寫和閱讀經常在移動中完成，能夠偶爾以一種沉著姿態待在靜謐場所，擬完稿子或讀上一本書，多半靠恩賜。機會很少，於是騰空升起意識流用後設視角觀看一己在寫作、在閱讀的畫面，格外清晰。那幾次的經驗是，進入咖啡館點完飲品，歡喜地把筆電、書和包包一項項安置好，便儀式般宣告即將墜入另一座時空，蓄勢待發

準備穩妥承接靈感了。

這些時日究竟不是常態，中學教師的日常是上課、備課、批改、開會和填滿各式表格等，與同事聊天、講些垃圾話自娛也是必然，若擔任導師還不時有學生狀況要處理，下了班尚有家務和私事。因而，我的閱讀與書寫常寄生在通車、行車或事情忙完的片刻。長此以往，我也就愈慣於在壓縮狀態下去抓取文字裡的吉光片羽。

彷彿餓慣了，能夠有半碗飯的施捨，就感天動地，珍貴起來。當然，能忽然有頓大餐送上，我會更歡喜地仔細品味，因為我知道這樣的恩惠不是常態。大概是害怕無常，而且還學不會坦然面對，我耽於永恆，卻忘了無常也是永恆的存在。說好了要永遠的，一再發現這些「永遠」都只是說說，我便又再次被無常給擊潰了。

當我慢慢意識到書寫當下，能夠墜入另一座凝神的時空，在那裡得以暫且抵抗終將到來的一切，文字便是我與世界隔絕的一面盾牌。躲在背後，覺得安全了再走出來，文字，又成為我面對外界必要持著以保護自己的一支矛了。在時空夾層的餘地裡，我感覺內在有塊沃土正滋長著力量。

這力量宛如自帶抗體。完成文字剎那，身體偶或出現排毒反應，腦子昏昏然，腹脹難耐欲吐未吐，全副肩頸久未上油般僵硬不靈。彷彿思緒積累太多毒素，欲透過書寫以達澈底排出之效，就得歷經折騰人的瞑眩。所幸，之後日漸康復，某天忽然就能夠神清氣爽地站在他者視角，去回望文字裡的我。誰是誰的分靈體雖未可知，總覺在完稿當下，我便與文中的自己說再見，背對背走向路的兩端了。

然而，書寫之後，「分享」文字的意義何在？

蘇枕書在《有鹿來》的創作緣起提到：「年歲漸長，時常懷疑寫作的意義。自己沒有什麼長進，這是最清楚不過的。長時間與自己周旋，呈現平靜的假象。痛苦的源頭，也許是認識到自己的貧乏與無趣。」讀著讀著，驚覺有種發亮的共鳴，彷彿「沒有什麼長進」、「貧乏與無趣」的是自己。

尤其她還說了：「時常，一些外來刺激，或曰觸動，就能燃起書寫欲。看到某人寫的書，想：『我也想寫呢！』這種蠢蠢欲動、激情與焦慮混雜的感覺，寫作的人最清楚不過。可惜真要動筆，又有很多理由阻撓……」那般書寫欲望或蠢蠢欲動，如此似曾相識。阻撓動筆的理由雖說因人而異，但多半我心裡的聲音，竟在此書找到一樣的困惑——總覺每個人對生活及所處周遭都有獨特的感知，而我何以要把個人看法、瑣事和情緒寫下來？選擇公諸於讀者的意義又何在？

像是臉書吧，我的發文設定是只與臉友分享，又覺得貼了一些文徒然占據他人的動態列，也是一種干擾。故一陣子若覺彼此的聯繫很平行，總會考慮要不要解除朋友關係，好像自己有強迫性的「整數控」，例如喜歡把臉友數量維持在一百個以下。然而，當透過文字接收到彼端的共鳴時，又會覺得自己在這世界不是獨行者。每思及此，便由衷感激願意傾聽我的人，這世間若有能夠留戀的物件，就存在為之振奮的理由。那麼，就算為一人而說，也是值得而且美好。

這趟旅程，我帶去的書和小筆記幾乎都沒動過，這違反我慣於在匆忙裡見縫插針偷得寫作、閱讀空檔的習性。我明白我正在為一段友誼的質變而傷神，感覺即將要失去一份依賴了。

我不喜歡無常，可是生命的常態就是無常，我花了很久的時間去理解原來「認清一件事且承認它就是發生了」多需要智慧和勇氣。我們經常處於「我不相信」、「不可能」、「一定還有什麼轉圜空間」的執著中，人際、物質、世間任何事也許都可套用這樣的心情。而現在我又必須再花很久一段時間去接受、去適應「無常是常」的功課。

慢慢理解，為什麼我容易當機於「最」字的快問快答，諸如：最好的朋友、最喜歡的書、最感動的一句話。「最」字限縮了「一」之外的可能，要給出一個標準答案常令我坐立難安，總覺弱水三千，奈何只取一瓢飲。我意識到自己對唯一和永恆並沒有保握，但又不能勇敢接受外界隨時在變的事實，坐立難安的源頭或許就在這裡吧。

凌性傑《男孩路．穀雨》裡寫著：「有時候很可篤定，這一個階段過去，就是下一個階段了。有時則是，不知道過不過得去。」記得我曾鼓勵剛經歷第一次段考洗禮的小高一，恭喜她們又度過一個關卡，勇敢完成一次任務：「似乎無論如何提心吊膽的事，終究都會成為過去，只是我們從中得到的力量，會因為我們看待事情的角度而有所不同。」很慚愧地，這樣的明朗甚少在我身上發酵，多半時候我慣於放大提心吊膽，好像沒有勇氣過得去。

生命中那些無端消失的面孔、不斷遠走的一切，最是令人心裂神摧，我習於將肇因指向自己，因而學會過早預習或揣測將來可能會發生的百百種樣貌，以便事情到來時，能夠表現出瞭然於胸的從容。實際上，那些章亂無法的想像，早已提前消磨了現下的肉身。

然後變得愈來愈退縮，像隻龜，任誰敲門都不應，也不太願意再對任何人交付已經過分瘦瘦的那顆心。

文字作為對世間萬物的抵抗，或許是我的心仍然太脆弱了。那些無常、即將逝去的、我所珍視而不知道會不會再回來的，總能在我選擇浸潤於文字時，木頭人般暫停腳步，片刻放過大腦，為我留個餘地。

我還是趕著在截稿日交出那篇文章了，想起自己經常與高鐵競逐，在高鐵車門關上的剎那，一腳踩進車內，然後暗自慶幸又戰勝時間一回。而或許事實是，文字又戰勝我那胡亂奔馳的大腦，為我抵抗了纏人的無明之念。為此，我不禁啞然失笑。

恰恰

許多時候，我會無意識地跟隨感官知覺左右款擺，而微小物件所引動的漣漪，總能把我盪到遠方

窗外塊狀天光向後拋去，列車轉瞬鑽入地底，明滅之間空洞的眼瞳尚跟不及外境變化，鏡面臉譜忽而又拉遠成立體透亮的月臺。是桃園站了。

從18A座位往外看，排隊準備上車的乘客裡，一位中年男子的咀嚼甚有規律，滿口味道捨不得釋放似的，久久才嚥了下去，像牛在反芻。

「咀嚼」這件事彷彿帶有魔力，讓人盯著盯著不自覺就旋入開闔有序的黑洞裡。有

時行經鑲著大片玻璃的餐飲店，一格格展示窗內最引人注目的便是不斷蠕動的口器，脣舌、喉頸、雙頰，同一刻所有幫助進食的肌群都配合無間。

都說咀嚼可活化身體機能，姑且不談進入消化系統後的能量轉換，光是牽制面部肌肉、引動血液循環就能紓壓。觀看他人咀嚼必也隱藏著玄機，不然何以當紅的「吃播」會這麼療癒呢？有一說，咀嚼可刺激腦內組織胺分泌，產生幸福感。那看著別人吃，是不是能產生某種共感、通感，彷彿自己也擁有分泌幸福的能力。

排隊的乘客開始前行，中年男子再咬一口手中的麵包便束起包裝袋，那是在便利商店買的丹麥菠蘿可頌，另隻手裡則握著寶特瓶綠茶。我下意識掃描了他的早餐成分，沒有蛋、沒有肉。

為了增肌減脂，有陣子我信奉蛋白質神話。早上一匙膠原蛋白粉，晚上睡前一杯乳清蛋白飲，餐餐均要目測蛋白質份量，凡不到拳頭大、未達三十克，腦子就亮紅燈。於是，自助餐各式菜色放眼望去盡是蛋白質數字，一夜干、滷豬腳、宮保雞丁、油豆腐，二十五、二十、二十三、十，單位都是克。每當想念炸物，便自我警惕是蛋白質不夠，應該吃牛肉雞胸肉；貪戀甜食時知道是鉄不足，暫且以黑巧克力解饞。

只是，規律久了，偶爾也會溢出常軌，甚至大鳴大放飽食到前功盡棄，才甘願回頭深刻反省。越界似乎滿足了一種惡的快感，減肥便成為人類的宿命。吃多一點，縮回來一點；越界一點，再收斂一點，像跳恰恰，舞曲未曾停歇。

列車移動了，這麼巧，丹麥菠蘿可頌先生坐進靠走道的18C座位。他攤開前方餐桌，放妥綠茶，包裝袋往下捋繼續吃麵包。「吃」彷彿會傳染，坐在我倆中間本來在小寐的18B小姐順勢拆開紙袋，拿出漢堡和黑咖啡。窄仄的車廂中，人我距離太近了，一時氣味紛雜。

氣味非常具侵略性，香氣尤比臭味霸道。發出臭味者也許會略帶羞赧，散逸香氣的人卻可堂而皇之。在擁擠車廂、冷氣房辦公室、密閉電梯裡，髮膠、香水、香茅，直衝腦門的迷幻香精常令人暈眩欲吐，可是少有人敢當面發難。密閉空間裡的食物香氣也有點不道德，經常引逗得飢餓的人更餓，令飽脹的人作嘔，然而「食、色，性也」，人們也不好說些什麼。

有時近距離遇上新書剛拆膜散發的油墨味、新鞋飄出的濃烈牛皮味，或燙整褶線還清晰可見、剛從洗衣店領出的樟腦味衣物時，就會狐疑何以名之為香、為新，卻不太悅人？倒是，不具氣味訴求的氣味，經常帶來喜悅。例如雨後水泥地發出的新土味、剛出爐尚蒸騰著白煙的山東大饅頭、旅館裡已滌除前房客氣味的白淨被單，或者嬰兒未經塵俗沾染的柔細髮膚，那種素樸、清新，無須雕飾，可以一聞再聞。

每當我忍不住試探同事：「你們會不會覺得好像有什麼味道啊？」小心翼翼想尋求共感，得到的回應卻多半是「有嗎？沒聞到耶」、「還好吧，可以接受啊」、「沒那麼嚴重啦，你太敏感了」。或者，對著喜歡的氣味湊近鼻子聞得滿心歡喜，旁人也多半笑著這樣小的事有那麼誇張嗎。不要著眼於小處，或許是對的，那些伴隨氣味粒子濃淡而引發的美麗與哀愁，其實也都只是鼻孔裡的小事。

然而，小事、小處經常帶給我淩空於世的錯覺。佛說納須彌於芥子，容海水入毛孔，那麼芥子、毛孔甚或瞬息閃現的念頭必然也內蘊三千大千世界吧。

一直很喜歡黛安．艾克曼（Diane Ackerman）在《感官之旅》裡對鼻腔黏膜細胞上微小纖毛的形容，那些突出生長的神經元狀似海葵，會隨氣流左右款擺。於是，閉上眼跟著氣流從兩個小孔游進去，真似一場行旅，腔壁內如黝暗深海別有洞天，一片珊瑚礁上是生機盎然的朵朵海葵，氣味粒子則如小丑魚自在穿梭其間。許多時候，我會無意識地跟隨感官知覺左右款擺，而微小物件所引動的漣漪，總能把我盪到遠方。

小四那年，曾應自然課要求養過一隻蠶寶寶，每天趴在書桌上看著塑膠盒裡的桑葉邊緣被小口小口地侵蝕掉，偶爾伸手碰一下蠶寶寶翹起的尾角，驚喜目睹其尾足間吐出飽含葉綠素的糞便，或掂起牠放上我的臉鼻，感受軟嫩腹足在肌膚上吸附前行。然後對牠說話。午後的放學時光，一下子就過去了。

後來也會在雨後潮濕的葉片上抓回幾隻小蝸牛，讓牠們在桌面緩緩前行、沿線拖出黏液，接著冷不防以手指攻擊牠們左右試探的觸角，打地鼠遊戲般一玩再玩。甚至曾用液態立可白把螞蟻圍成一圈，再用放大鏡觀察螞蟻被化學藥劑薰得劇烈扭動的觸鬚。在還有底片的年代，我會在霧白色的底片空罐豢養幾顆在五斗櫃上蒐蘿到的壁虎蛋，日日盼著小壁虎孵出來，但沒人告訴我蓋子得鑽孔透點氧。那陣子的書桌儼然是微型生態園，我經常盯著盯著就出神，作業簿、鉛筆盒或自修什麼的，統統擺一邊。母親常憂心地告誡我不要老是弄些有的沒的、淨玩些小東西，讀書比較要緊。

年幼的我只當那是催促，不會明白什麼是要緊不要緊？再說，感官所及的枝微末節在我看來都是大世界啊。

旅加小說家京．麥克利爾（Kyo Maclear）在人生卡關時曾遇見一位音樂家，這位喜愛賞鳥的音樂家有時會藏身大自然，「花好幾個鐘頭，去尋找渺小、遙遠的生物」，走在音樂路上，他曾經渴望被了解、被仰慕，想成為重要的人。但此刻，他願意花大半時間觀察禽鳥，退到隱蔽處「去愛一個永遠都不會回過來愛我的東西」。想起前陣子，母親說庭院裡的桂花樹和羅漢松上有幾處小鳥窩，我幾次跑回彰化，用Line記錄小生命的成長，幾乎是兩三周之內，拇指大的鳥蛋就變身為羽翼俱足，即使模樣離成鳥綠繡眼或白頭翁還有一大段差距，但嚶嚶裸肌、對世界毫無招架之力的雛鳥真是療癒。後來請母親幫忙觀察後續，偶爾看見她爬高用手機拙拙地拍來的照片，群組裡的互動就會很熱烈。一陣子沒再傳照片，我問小鳥呢。忘了是誰，在群組裡回覆：「會飛就飛走了。」

會飛就飛走了。去愛一個永遠都不會回過來愛我的東西。也許蠶寶寶、蝸牛、螞蟻、壁虎蛋、雛鳥，甚至氣味粒子或咀嚼中的口器不會同意那是愛，但我確實花好多時間去關注一個個渺小、遙遠的物件，如那位音樂家，暫時忘卻被了解、被仰慕、成為重要的人的使命。這樣的關注毋寧是冒險的。

生活愈久，愈感覺伴隨年紀而來的成就焦慮具有排他性的殺傷力，彷彿非要較量出孰優孰劣，時時置己身於攻防進退中，否則不足以證明存在的價值。有時，不得不被催促或暗示著往高處爬、往大處去，於是經常搭乘高鐵南北往返，離開車廂鑽出地表，以為明晃晃的前程就在那裡了。只是，當眾人都往天平的一端跑，彼端還會是高的、還會有空間嗎？黑壓壓的人群擠在一起，還能抬頭看見明亮的天光嗎？

許久以前的初秋，和M待在租賃來的頂樓加蓋屋，外頭是傾盆大雨。在小客廳椅子上我的腿勾著他毛茸茸的腿，手裡捧著熱茶，直說這樣的下午好好喔。他看了我一眼，繼續講手機，一下子又起身去觀察雨要下到什麼時候，然後憂心明日的雨若繼續，既定的工作就難執行。

待會兒雨停，我就要回去了，此刻，尚能窩在同一個空間多好。也許他不懂我在歡喜什麼。

那陣子時興做拼布包、蝶谷巴特、手工皂或自製香水等，幾組人下午聚在庭園咖啡廳，只需消費咖啡、點心和繳交材料費，就能跟著老師DIY。某次課程是把油脂放在玻璃盤上抹勻，周邊布置鮮花，組織好小型木製框架、放上玻璃盤後，回家的功課便是日日更新花卉。能夠穿梭巷弄撿拾新落的時令花瓣，然後呈發散狀排列在油脂旁，大概是我每日最專注的時刻。當油脂吸飽了鮮花色素，下次上課便可倒進機器裡拌攪，隨後加入酒精，沉澱一些時日，便是香精油。我興沖沖地放了一小罐在M住處，不料惹得他噴嚏連連，他說別花錢浪費時間做這種小東西了，去做點要緊的事好嗎。

彷彿母親當年的告誡。不要老是弄些有的沒的、淨玩些小東西，去做點要緊的事好嗎。好一段時間，吃食行走都溫吞緩慢的蠶寶寶、觸角左右試探偶或瑟縮的蝸牛、被不對的氣味薰得觸鬚劇烈扭動的螞蟻、因缺氧始終無法破殼而出的小壁虎……便隱喻似地，時時出現在我凌空卻又無法真的凌空而去的腦海裡。微小事物或許無關人生宏旨，然能藉之凝聚心神，在實相界裡拉出時空縫隙以安頓己身，對我來說便足以讓片刻成為永恆。例如頂加那場午後雨，還有稍縱即逝的香味。

後來，精油老師總結了課程要點，我才知道要擁有宜人的香氣，不僅分量，連比例、搭配、交互作用都得斟酌考量。好像明白了關於髮膠、香水、香茅或精油的祕密——世間無固定不變之自性，分量如何拿捏、氣味能否媒合，有時是因緣生滅的問題。是非標準既無一定心法，我便毋須為了追趕不上這個世界的步伐而深感愧疚。

於是，要緊不要緊、大處與小處、適合或不適合，甚至我的蛋白質神話，也都只是進退拿捏的問題，無關乎本質對錯。在不斷碰撞、揣測後，也許會理解哪裡該多一點，哪裡要縮回來一些；哪裡越界一些，哪裡就該再收斂一點。如砝碼游移天平兩端，更像跳一支恰恰，舞曲未曾停歇。

人的延展性大概就是這點可愛，如同麵糰，飽受揉捏、捶打、壓延和高熱形塑後，還是能以另一種樣貌重新來過，尚且不失麥香本味。

板橋站一下子就到了，眾人陸續排隊下車，丹麥菠蘿可頌先生的背影不久消失在窗外。旅途中偶遇的氣味與咀嚼，僅僅一站，來了又去，18B和C的座位空蕩蕩的，只留下前方網袋內皺縮的包裝袋與寶特瓶。

十分鐘後抵達臺北站，我收拾物品跟隨人潮走出，挨著月臺邊緣前進。高鐵定定止住，靜待人們的來去。

車廂內要搭往終點南港的乘客已然稀疏。行過剛剛坐過的18排附近窗口，一位年輕媽媽把她懷中約三、四歲的女兒，放到隔壁空位。小女孩撕開巧克力包裝，在椅子上雀躍地左右張望，母女兩人的動作隔著玻璃仍充滿氣息。我偏頭看著她們。小女孩沒有直接咬下巧克力，轉身又攀回媽媽腿上，笑得蜜蜜的。再來與再來，就看不到了，我跟著人流擠往下一個出口。

夾著豬尾巴

好像很難有什麼事是可獨自完成的，即便寂寞的研究也需要人與人的交會

工作多年，貪圖每周能有一天公假抽離工作環境，得以從我所在的城市移動到另一座城市，彷彿搭乘南瓜車趕赴舞會，以為那是浪漫的出走。而後沉浸在知識和友誼的舞池裡，三年多的修課時日堪稱愜意、近於浪擲，幾乎忘卻牆上指針，沒把最後關頭需要產出論文的危機放在眼底。

或許我太乖，深受掘井九仞、功虧一簣的薰陶，堅持要把學位念完；也不夠乖，在畢業門檻諸如博班學分、資格考、期刊發表都跨過以後，卻擱著蓄勢待發的學位論

文，縱欲似地跑去編纂了幾本書，又發表第一本散文集，忘了一鼓作氣的初衷。浪子回頭已是兩年後，當初收集好的文獻有點過時了，好不容易悶著頭update、建立好理論架構，才發現沒跟指導教授討論就自作主張的下場是：整組統統都給我換掉。

猶記約好meeting那天，開在高速公路上，我以為這是關於論文最後一次meeting了，把音響開得極大，腦海卻自行點播周華健〈心的方向〉，一句句「追逐風，追逐太陽，在人生的大道上／追逐我的理想，我的方向，就在前方……」帶著美式瀟灑，有種在荒野公路上開著敞篷車、前方閃著壯闊夕陽的錯覺。

確實只是錯覺。老師翻了幾頁proposal就往椅背一靠，山一樣高大。

「怎麼樣，變這麼有主見？」

「會嗎，老師我超尊敬你耶。」打哈哈地還沒意識到嚴重性。

「那寫什麼學校跟監獄的差別？上次就說要刪，這次還出現！」

「可是，談空間權力不都要從Foucault的空間規訓和Bentham的圓形監獄、痲瘋病院談起？」

「……」老師閉上眼。

「所以真的要刪嗎？」

「……」依然閉目。

「好。我刪。」

荒野公路前方橫出一座如來佛掌心。翻不出山頭，是我的修煉不足卻盲目瞎闖。

「所以真的要刪嗎？」並非不信如來，而是我執，捨不得。

大抵是念舊。這些字句是記憶之鑰，哪個段落哪個念頭，是在某家星巴克、某個下午，或回到政大時窩在社資中心的哪副桌椅完成的，只消循著文字便可開啟那段時空。美好的時空比方說，翻找文獻時看見自己曾發表過的東西被引述，便會湧起幽微的感恩。彷佛在偏狹巷弄一隅，我曾使勁挖土埋了顆種籽，而後長成不知名的小花，偶然被路人低眉發現並鄭重地給予讚美。或者讀了幾篇研究後深感聖靈充滿，吃飽油似地又有力氣往前方駛去。那些知性的下午，往往因此感性起來。

甚至狂野。

例如查詢到政大總圖有我非常需要的絕版書和要價不斐的原文書。當下從新竹直驅木柵借完書立馬回程，一路上內心小劇場滿是澎湃的哈利路亞。

蟄伏許久，不斷增量第二章的文獻探討，太想把某個理論徹頭徹尾、寫好寫滿，反而愈寫愈不圓滿，強迫症上身般總覺得哪裡還不夠完美。無奈輕盈的人生比較偏愛刪去法，修剪枝蔓、揀擇割捨是必要的練習。

整組換掉的指令仍在耳際嗡嗡作響。走了好一大段路，里程數倏地要歸零，比起十幾萬字的東西寫得差不多了，差一步按下存檔鍵，忽然就跳電當機電腦燒掉之類的，我的狀況實在也好不到哪裡去。

部分章節刪除了，字句前後接軌和補敘都屬小事。即使腦子與新知產生齟齬，只要耐心磨合總會消化。年紀漸長，慢慢能夠理解，相較於不可逆的憾事，尚能以毅力、時間甚至金錢解決的事，真的都是小事。那些伴隨高鐵、計程車往復的白天與黑夜，從車窗外迅速往後拋去的景，都像一張張鈔票，是從未停止流動的沙漏。然而，都不要緊的。只怕伴隨電腦delete鍵消融的，是好不容易燃燒起來的自信，若此刻我又以忙碌為由退縮、走避，再回頭真不知是幾年後。

於是，把自己的下一步交給三個銅板了，那是從前在易經課學來的簡易卜卦法。抔起命運，默問何去何從，擲出六回合。人頭數字正反陰陽，參雜著兩個爻變，易經卦象恍若心理怪現狀顯靈，叮叮噹噹，卜出一個艮（☶）下乾（☰）上的「遯」卦，我忽然大笑。

這是一個走為上策的隱退之卦啊。

䷠ 遯卦　天山遯

遯亨，小利貞。

《彖》曰：遯亨，遯而亨也。剛當位而應，與時行也。小利貞，浸而長也。遯之時義大矣哉。

《象》曰：天下有山，遯。君子以遠小人，不惡而嚴。

卦辭彷彿利刃，劃破皮相，直見一顆驛動的心。「乾」是天是君子，「艮」是山是小人，艮下乾上，天漸遠而山漸高。《彖傳》、《象傳》對此卦的詮釋或許是君子要怎麼在小人當道的亂世中明哲保身、瀟灑遁去。只是，研究之路是自己在對抗自己，沒有什麼誰當道、不當道的問題。莫非君子是我，小人也是我——幻想著終結學院完成修練總算可以解脫的「我」，和不斷萌發僥倖遯心、用各種理由延宕自己的「我」。於是任何需要用力操勞的外務就會無中生有，我大可藉此堂而皇之暫且擱下論文，遁逃得亨。

若說遯卦是我之於學位論文一路走來的心聲，那麼第四爻爻辭便是占卜當下的那一步了。

九四，好遯，君子吉，小人否。

爻辭裡依然君子小人，吉凶歸類彷彿諭示著好好說再見作別西天的雲彩吧君子。據說學者高亨跳脫義理派，純然用「養豬」來解釋遯卦吉凶，「遯」字不就是簡簡單單一隻小豬（豚）帶尾（辶），原來啊寫論文是養豬的過程，是遇到壓力或過程順利總得吃吃喝喝把自己養成豬的過程，走到這個階段了，來到九四（注音輸入法打出來是「酒肆」，也太符合現況），昏昏然醉酒般，迷惑了我腳下的那一步，到底要留下來成為夾著豬尾巴忍辱負重的小人？還是乾脆遠世做自己，當個夾著豬尾巴落跑的君子？

❖

當博論進行到要邀請學者專家來審查問卷以建立效度的階段，就代表接下來要找受試者施測問卷了。終於來到我揣想許久該去哪找受試者，因而不斷自己嚇自己的這道關卡。

一份全國性研究問卷的抽樣數，理應要達九百至一千一百位，為符合樣本分層設定和填答品質，隨街漫發問卷並不是個好主意。那意味著我需跨出自己，請託各方友朋層層派發和催收。實則在這之前，準備要提proposal口試時，就已意識到長久窩踞於文獻堆中以為那就是研究最煎熬的樣子，真是一個半吊子過分美好的想像。

好像很難有什麼事是可獨自完成的，即便寂寞的研究也需要人與人的交會。這是我盡可能逃避而終究沒能逃避得了的試煉。

Proposal口試結束，誤以為成功不遠了，實則那只是計畫可行的允許，量化研究折騰人之處才正要開始。那樣的誤會與恍悟，就像在跑步機上喘了很久，以為跑五公里了吧，卻發現儀表板上的動畫小人兒竟然還滯留在起點不遠處，一．七五公里的數字瞬間把我打回原形。明明寫碩論時就已玩過一輪的問卷戲碼，現在要再玩一次還是會害怕，如同生小孩，並不是生過一胎，之後幾胎都可以像孫猴子輕易地就從石頭蹦出來。所有該經歷的，樣樣不能少。

真的像生孩子，撕心裂肺地順產後，信誓旦旦說以後不要再生了。沒多久，又迎來下一個胚胎。不確定愛是長是短，但應該感謝遺忘那麼長，人類、知識或者其他，之所以能夠繁衍前進，大概都要歸功於我們有一顆極為健忘的腦。

當量化研究過程中所需的各式聯繫、表格、送件、催覆、key in、跑統計和求助都一步步完成後，反倒像繞一個圓，又回到自己面對自己的原點。

尤其最後階段，每晚都窩在電腦前，腦子經常處於統計軟體操作模式，問卷跑出來的資訊有點多，該擷取什麼、該如何解讀，一批批數字如跑馬燈日日在腦內革命。

報表太燒腦，整個人著魔般閉上眼都是視覺暫留的數字。

那陣子電話裡與同窗的對話經常是統計法運用與報表解讀，這些以前感覺陌生，以後還是會陌生的語言，竟是當時我腦子裡唯一熟悉且迫切想更熟悉的物件。

倒是，單細胞生物般可以自個兒繁殖、自己代謝和長大，這樣的狀態總算接近我對學術研究的最初想像。甚至機械化的單向操作經常能帶來某些療效，生活中許多紊亂的思緒和外務，總能在處理問卷的標準動作中（諸如寄送和收件、鍵入填答結果、製表填數據、調整表格線條的粗細等）獲得短暫抽離。即使單細胞腦子愈來愈像彈性皺縮的海綿，能吸收的量很少（像擠出一杯espresso那樣少），再貪婪一點點都會自動淌出來，但回首來路時，最回甘的還是這一段。

數字其實帶有生命，1是生理男性，是小校，是北區，職場新人，三十五歲以下，兼任行政職，在Likert五點量表裡代表「非常不符合」。1到5各式符碼從指尖穿梭鍵出，一雙手麻利如織女如鋼琴家，即便花紋初階、音色簡單，卻總因key in時想起這份問卷的引薦人而使數字靈動地活了起來。歲月忽已晚，我依然沒多少儲蓄，但生命中能遇見有情之人，在我焦灼於問卷施測時拉我一把，便是我最珍視的財富了。於是，跑完統計後感性至極就預先寫下將要放在論文最前頁的謝辭，希望隨時提醒自己：得之於人者太多。

沒多久新冠肺炎疫情爆發，假日哪裡都去不得，我因而得到多一點時間修潤論文的結論與建議。當時，在工作崗位的專題課程中給學生看《全境擴散》這部應景片，一處台詞是：「一九一八年西班牙流感之後，人們發財了，賣薄荷膏的人、賣消毒液的人；一個人死去，另外一個人從他的死亡中謀利。」一邊請她們發表這話的意思，一邊我卻想到在疫情裡竊取時間的自己。

在詭譎複雜的世局裡，我的日子制式地以論文final那一天為倒數，機械動作與符號化約了我的腦子，包含對三個銅板的理解。或許解讀銅板的選項還有其他，不是只有忍辱負重小人，或遠世落跑君子而已。就像問卷統計結果，若我依眾數，你從中數，而他選的是平均數，如此初階，但一件事就會有三種可能或者更多。

世界依然過於巨大，蒼茫中不確定還能掌握住什麼，有時連自己的初心都會不小心遺落。縱然個人有個人的時區，行進快慢都是一己造化，但生命總會有某些時刻，不自覺地又把自己放到別人的軸線去，然後競速起來。即便那個「別人」，可能只是虛設的期望值。艾倫・萊特曼（Alan Lightman）創造了《愛因斯坦的夢》，某個夢裡的世界，時間質地是黏的，於是「每個城總有些地區卡在歷史洪流中的某個時刻而出不來」，「個人也一樣，卡在他們生命的某一點上，而不得自由」。而另一個夢境，以相對論解答了人們競相求快的行為，「因為在這個世界裡，人們在動的時候，時間過得比較慢，所以人人以高速行動來增加時間」，會不會人們急著完成一件事，是因為更想慢慢做好它？而當我們卡在生命的某一點時，往往會決絕地把窗簾拉上，彷彿看不見外面的世界，快慢的相對關係就無從比較。

在關上窗簾的二千多個日子裡漸次明白，讀書寫論文這檔事說到底，便是一場時間的辯證，原以為自己是在與自己的意志拔河，渾然不知輸了贏了都擺脫不了時間的捉弄。奇妙的是，恍惚之時會發現每個階段都可能疊加出一個前所未見的自己，於是單細胞如我也能成為複數的我，力量、意志或時間因之強壯，超乎現實。

當然也可能，我是薛丁格的貓，將死未死，都只是想像。三個銅板卜算出來的遯卦，將逃未逃，後果如何都是自己嚇自己。倒是做研究一路走來，夾著豬尾巴的堅韌，是真的。

小公寓

那讓人可以安然把身心交給
這座空間，沒有到處踩點也
無妨，足不出戶彷彿生了根

一次受邀參觀朋友剛落成的豪華小宅，進入玄關便覺裝潢與改造後的格局真如屋主，極具個性。尤其室內牆面幾乎打通，原本四房的空間最終隔成兩房，僅作主臥和兒童房用。明白昭示此地並無招待留宿之意，我們無不會心一笑朋友的坦蕩。

會這麼思維，乃看多了一些孝親房、客房多屬虛設，與其淪落成蚊子館，何不一開始就大方表態，把空間規劃得更實用些。朋友屋子玄關後，左拐便是客廳，坪數留得方正小巧，塞在角落沒有對外窗，柔軟低調的間接照明更彰顯此處不具會客用途，反倒像是隱蔽的電影包廂。

整座居家的重心，無疑是餐廳那張長約三米、寬度少說一米五的原木長桌，闊綽的自然光從一旁落地窗迤邐灑下，非常舒適大器。長條桌功能萬用，隨時可在此閱讀且書攤開多少本都很充裕、擺上筆電左右桌面放滿資料也不嫌亂、各式鍋碗瓢盆大方放上來備餐，一眾親友歡聚吃食場面多壯觀……比起窩在客廳沙發作客，挪挪移移地拿取小茶几上視線不明的茶水點心，這組餐桌椅確實更從容、更符人性。我們一夥人作勢伏在桌面，又驚又羨嚷嚷家裡也好想放一張這樣的夢幻長桌喔。

令人驚歎欣羨的還有滿滿整面牆的訂製書櫃，頂天立地，比長條桌的幅度還要廣袤。能讓每本書立正站好、書脊清朗朝外，對於藏書已如爆米花從書房滿溢到家中各處的我來說，這畫面著實充滿秩序和希望。我們隨意抽取書冊，窺覽屋主的收藏品味，偶爾書架角落的限量公仔、古老婚紗照或姿態特異的多肉盆栽，都能引起驚呼圍觀。

而讓幾個人佇足最久的，是一隻住在整格書櫃小方框裡的紅色塑膠大豬公，那是小時候常在柑仔店看見的半透明撲滿。豬公裡塞滿世界各國的錢幣，想是主人回國後將零餘的異地小值掏出，隨手就餵養這隻豬公。我抱起撲滿翻轉搖晃，凝視水晶球般細數裡頭進駐了多少國家，一邊喃喃著貨幣國別，恍若念咒施法，竟也感覺遊歷了一趟世界。

在朋友家作客亦如一場異地小旅行。路線、吃食都有人服務，還有格調不同的景致可觀覽，只消跟隨嚮導、聆聽故事，生活便有了跳脫日常的節奏。

我曾在文章描述過這樣的想像：「我喜歡看看別人的家，尤其是夜裡的公寓大廈，那些亮晃晃的窗櫺，一格一格如透明的水族箱，屋裡的魚從一個空間游向另一個空間，所有的對話吐著泡泡有如默劇。我慣於想像一個家應有的樣子，然後沉溺於不同格子裡同步上演的百般生態。」拉遠距離來看，那些屋裡乾坤真如一個個水族箱，豢養著不同的吸吐和氣味。如果有緣能走入室內一窺堂奧，我會更著迷於穿梭各式擺設及器物，細細感受其透露出來的生活軌跡。

有陣子，我樂於在停等紅燈時搖下車窗，收取從窗縫遞進來的建案廣告單。單子一打開整座建物便躍然紙上，宛如立體書屋。平面隔間圖提供了想像的依據，粗線是牆、細線有窗、四分之一圓弧是敞開的門，方框裡畫個叉代表柱子。為吸引買氣，全彩平面圖通常會置入各式標配家具，整套沙發和抱枕、茶几擺上花瓶、織紋華麗的地毯、壯觀的大理石櫃和液晶電視，餐桌鋪好桌巾放上什錦水果盤，臥房裡有貴妃椅、系列床組和恰如其分的衛浴，以及必然地，每個櫃子一律節制貼緊牆面。

攤開銅版廣告紙，我總能看得津津有味，藉由各式家私辨識空間屬性，觀察物品依序歸位的理想樣子，免不了幻想住在裡頭的作息。印象中，母親並不善於裝飾布置，家事育兒幾乎占去她所有心思，一切務實從簡，有多少經費方增添多少配備，家裡自然不曾有一次購足的系列杯盤和家具。也沒有植栽花器，不養寵物，日光燈管亮晃晃連燈罩都可免，更不用說窗簾、抱枕、地毯，布料太容易蓄積灰塵了。家中清一色磁磚原木不鏽鋼，涼裸素顏，功能甚於美感。生活似乎少了那麼一點情調，想來，教會我布置家居的教材，竟是顛簸車程中沿路收集來的建案廣告單。

也許可再回溯至兒時玩娃娃屋的啟蒙，雖說規模陽春卻能真切捏塑出我的想望。

即使長大了仍喜歡在展場盯著袖珍屋或微縮模型，模擬生活其間。興之所至，還一度上網欲買袖珍屋模型回來拼裝，購物平台有如房仲網，各種屋款昭然羅列、建案名目花枝招展的，粉色裝潢名為甜美芭比，水藍系是沁謐時光，中國風的叫墨韻水榭，度假小屋則為月光森林，還有依空間性質販售的轉角咖啡廳、巷弄書屋、起居室一隅、和風料理亭、懷舊雜貨店……任隨指頭滑點，整棟建物便即刻入手。在藍圖樣本的對照下，還能自行改造、變化配置，讓裝潢獨一無二。

我當真研究起組裝程序，諸如裁切黏貼、架高地板、埋線接電、物品擺放、打磨配色，發現袖珍屋考驗的不只是將實物縮小仿真的手藝，還包含是否具備虔誠不二的童心，那意味著甘願耗費心力見證一棟虛擬小屋逐步完工，即便它沒有現實功能，無法入住。

純粹只為喜歡而戮力耗時去完成不見得有實際用途的事，這樣的初心隨著社會化，好像變得愈來愈稀薄。可是總覺這些看似不具功用的小玩意，隱隱然蘊藏某種力量，具備難以言說的價值，絕對不只是懷舊、好玩而已。

香港插畫作家Emily在一篇談論微縮模型的書評裡提及：「縮小事物即『放大自己』。放大的也包括欲望：控制、占有、支配和貪婪……微縮模型是立體的語言，它是現實的複製、替代、延伸。」我不確定自己是否想控制、占有或支配什麼，然而站在制高點可綜覽一件事物的全貌，確實會帶來安然與療癒，好像我能夠超然獨立、自外於眾人，得以旁觀世界的運轉。

旁觀即代表不涉入，那也是每逢躁動困頓時，我渴望達致的境界。佛說空性，跳出念頭去看看那個身處泥淖中的「我」，當能感知自己正處在某種念頭、情緒裡，那一刻我已不再被心念牽著走。

那麼，迷戀袖珍小屋就不見得是貪婪、欲望的展現，由它延伸而出的控制、占有或支配也許更像一條轡繩，可用來駕馭橫生的雜念。然袖珍微縮屋確實是現實的複製、替代或延伸，它引渡我們從迷你世界看見自己最好的樣子。如藝評家約翰．伯格（John Berger）《觀看的方式》所言：「我們注視的從來不只是事物本身；我們注視的永遠是事物與我們之間的關係。」我似乎也透過袖珍屋窺探一己，在拼裝過程實現對理想家屋的渴望。甚至，關注起任一空間（無論久住或暫留）與我的關係。

那使我想起對旅行的偏好。比方不愛搭篷露營，相較於野炊、體驗自然這種動態冒險，我更享受進駐室內的偽定居感。總覺來到異地，即便是租借的時空，也必須在當下完全屬於一己，且功能俱足例如配有小廚房的公寓式套房。那讓人可以安然把身心交給這座空間，沒有到處踩點也無妨，足不出戶彷彿生了根。

幾年前父母從住了十多年的市區舊公寓搬到鄉間，蓋了一間偌大農舍，我竟沒由來地感到慌張。內裡不斷探問：為什麼要搬家呢？遷徙時不會丟失什麼嗎？曾有的空間記憶會不會愈發稀釋？住在這麼大的地方，人口少少的聚不攏，發出的呼喊空洞洞地找不到折返據點，一切將如沒拴緊的馬，逃逸後不會再回來了吧？

只消窩在一個定點就能擁有終點的美好，無須漂泊闖蕩，在小小窩居裡與所愛永恆對望，那才是歸屬感之於我的具體圖像。除卻幾次搬遷，還包含人心間的距離。許多次的驚惶無助，都是在空曠中與身旁的人斷了線，漸行漸遠的、以疏離作為談資的、被遺棄了，或僅僅是隨不在乎而來的不經意。有時是待在不屬於自己的地方，侷促難安，像躡手躡腳來到他人地盤覓食，隨時懷著被驅趕的卑微。

卡爾維諾（Italo Calvino）在〈物之救贖〉試圖演繹一種哲思，他說：「擁有（或是渴望擁有）機制，始終潛存於人與物的關係中……其目的是與物合一，藉物認識自己。」擁有自己的房間除了彰顯主宰與從屬，似乎有了更深刻的格物意義。透過與空間的安定共處以觀照自己、穩定情性、建構存在價值，我寧願以這理由解釋喜歡定點窩居、在意關係恆存的習性。而縮小範圍以確保持有，似也不僅限於空間。喜歡的東西愈少，心縮得愈小，連帶向外的觸角也短短的，彷彿就再沒有容積可承載失去。

某次離開荷蘭前往下個旅程，我一度懊悔沒有果斷地在市集買下整排屋子，分明駐足流連，每幢都愛不釋手。掌心大小的陶瓷磁鐵小屋，豆綠、藕粉、蒼黃，摻一點灰色般的低彩度但色系繽紛，個個均復刻自阿姆斯特丹的運河樓房，即使細部元素不一，但大抵身形抽高狹長，清一色三層構造再疊上小閣樓、每層均有三面方正大窗，屋頂飾著典型的巴洛克山牆，山牆中央的橢圓牛眼飾窗彷彿一枚精緻圖章。猶豫太久快趕不上車子，只好匆匆放下小屋以為還有機會再相逢，殊不知成為殘念，一路齧咬著心頭揮之不去。

說來我是期望永遠持有或緊緊握住什麼的吧，也許藉以護持某種秩序和典律，讓精神有安全的託付，或者能享有主宰不必為了配合誰，而多走歧路。就像朋友毫不遲疑地在首次購屋就決定打通多道牆面，以餐廳長桌為定點輻射出家屋的格調。

我也想要有間小公寓，小到足以透視動線、能綜覽所有角落，小到我站上書牆高處便可超越腦中念頭，小到能安穩地多睡一會、願意多容納一個人。小到，我將不再被巨大的不安牽著走。

未竟之夢

看清事實有時並不比蒙在鼓裡好受，如果幻滅是成長的開始，那麼不幻滅不成長，不醒來是不是就沒有痛覺了

我經常做些抵達不了終點的夢。

比方高速駕駛時，方向盤倏地憑空消失、過站不停，或刹車板無法作用，兩側景色便如移動布幕往後迅疾捲去，反射眼底的盡是皴刷過的色塊，顆粒粗糙、毛邊未收，前方的路如春草不斷增生，終點卻杳然未知。

或急赴某處卻一直繞著階梯、走錯大樓、遇上迂迴廊道、忘了帶重要資料必須折返，已經站上講台拿出課本卻怎麼翻都翻不到要上的那一課，甚或在停車場即找不到

車子遑論出發。

有時是趕不及救援。如玻璃瓶失控墜下，瓶裡四濺的液體蠟淚般沿著牆面滴落濡染，乃至地毯、各處縫隙，細細瑣瑣深植各個角落如猛烈繁殖的菌種。相較於同事常夢見踩高蹺下不來、死命脫離什麼東西的追趕，我則是原地蹲踞不斷清掃，來回擦抹。夢的前方是：收拾不盡的殘局，碎屑與液體，鏡中鏡般的路途，還有意志與身體。

最無奈的是，夢醒延續著夢境，為解決頭痛而入睡卻夢見頭痛，醒來頭還是痛，借酒澆愁愁更愁般迴環往復，沒完沒了。

一次午寐醒來，吸進來的空氣很悶，髮絲汗涔涔地，背脊像融掉的奶油癱在床褥上。剛才是否又做了奔跑的夢，我已記不得，然而意志先於肉身甦醒的直覺告訴我，另一場馬拉松即將開始。

像是想徒手抓取融掉的奶油般，怎麼撈都是徒然。這是身與心的攻防，自己與自己的對抗。好不容易以為戰勝鬼壓床了，驚醒後發現四肢仍處於封印狀態，只好再次以意志奮力使喚動彈不得的軀體，眼皮、聲帶、手指、關節無一不掙扎著。一邊仍疑惑適才不是打了勝仗，感知分明清楚，怎奈眼前戰況如剝俄羅斯娃娃，剝了一層還有一層……當意識瞬間清醒，才發現兩度的封印與搏鬥構成了夢中夢，夢外的我是又一層的俄羅斯娃娃。

除卻層疊包覆的夢中夢，尚有平行的夢與夢與夢。夢境連綿串接，像一節節車廂，我是在平交道口等待柵欄提起的人，眼瞳被動地接收一節又一節迅疾流閃的影像。影像映出掙扎著要起床的自己，好不容易鬆脫僵滯身軀，尚未下床竟又昏沉睡去；我再次看見欲掙扎起身的自己，拐著四肢企圖快點摔下床；總算藉摔床力道醒來，卻因體力不支難以動彈，又陷入另一回夢與醒的戰場……最終發現自己從未離開床舖、從未真正移動過身體，始知方才的醒都不是醒，我只是做了不斷醒來又睡去的夢。

我大概與《莊子．齊物論》那位「夢飲酒者，旦而哭泣；夢哭泣者，旦而田獵」者是同道之人吧。長梧子說，當此人痛快地喝完酒，發現只是夢一場，便忽然大哭，醒過來後，出去打獵竟滿載而歸，他又開心地笑了。也許故事可再接力下去，比方剛才的一哭一笑，其實也是夢。而知道一哭一笑是夢的這個念頭，依然是個夢……長梧子確實是這個意思啊：「方其夢也，不知其夢也。夢之中又占其夢焉，覺而後知其夢也。」人在夢中，不會知道他在做夢，有時夢裡還在占卜著夢境，醒來才知道那仍是個夢。迴環往復荒唐無稽，像我那虛忙一場卻始終在原點的夢。

彷彿一步步踏上潘洛斯階梯（Penrose stairs），前行復前行，至高點虛無縹緲，夢的盡頭是沒有盡頭。但誰知道呢，夢若繼續，會不會再幾哩路就是終點了？那次從鬼壓床的夢中夢歷劫歸來後，恍恍惚惚走到書房，斜倚在沙發點播著音樂，一個時辰的午覺怎麼愈睡愈累。正回溯著剛才的夢境，忽然一顆顆結晶似的音符陸續從耳裡掉了出來，節奏立體、擲地有聲。我慌張地伸出手，下意識欲拾起音符。然，四周只有軟音樂，哪來什麼落地鏗鏘。難不成剛才又進入另一場夢。夢外也有夢。那麼，真正醒來，會是什麼時候？

尚有幾次，零碎寫了些文字後，抵擋不了疲憊便闔上筆電盥洗入睡，未料夢裡的自己動筆補足了未竟情節，只待一覺醒來如實記錄，像在描紅範本上依樣描寫、填實線條，一篇完整作品便可抵達終點。我恍若自己的盜夢者，把靈感從夢裡偷渡出來，將醒未醒之際滿意極了，想及筆墨能無視肉身界線，逕自出入夢境，我甚至要為作者欄裡該填上誰而懊惱而狂喜。

無奈惺忪間，一切復歸於無。海市蜃樓般，眼看他樓起、樓塌，具象的情節與結尾方才明明有了解套，此刻卻怎麼想都想不起來。夢一場，空歡喜，零落的文字依舊未成篇。

莫非，夢中經常抵達不了終點，該歸咎於我總是奮力要醒來的緣故？

這其中尚有一道命題待解——處世存在著「覺醒」之必要。印象中母親經常在某些事發生的當下，或某些人剛表態完，便拉我至一旁告誡我那些人事物背後的真相和意圖。事後跡象屢屢證明她是睿智的，母親的提點，無非出於愛與保護。只是，犀利看清世間真貌便如相機畫素調得太高，對方臉上痘疤、毛孔和肌膚皺褶都清晰可見。如此寫實，如此不堪。

在喜歡做夢的年紀，我耽於用濾鏡看待人世，任何粗礪因而得以勻膚磨皮除皺。

當時相信懵懂是種生存之道，成為先知只是提早體會痛楚。當眾人歌頌小孩的真誠直言時，我寧願穿著國王的新衣不上街活在某種虛幻裡。

然而，母親是對的。人間實相處處坑疤，那些誇讚、許諾或熱切，諸如要當一輩子朋友、你對我來說很重要、要保持聯繫下次再約喔，原來不過是一枚語助詞，更不用說成人世界裡各種偽裝的糖衣下所包覆的真面目。無怪乎人們說幻滅是成長的開始，夢一場後，還是要醒來的。

我花了許多時間，追索辯證做夢與覺醒之間的關係，彷彿瞇著眼湊在小洞口前，欲看清走馬畫筒裡迷離流轉的剪影將走向何處。以為只要一直盯著看，洞裡的世界就會不斷前進。猛然抬頭，撞見空心狀的走馬畫筒內部機關畢露，方知人生不過是一場在原地打轉的幻影。

「覺醒」分明是一道咒語，它讓我意識到自己有多蠢。長梧子在那次有關夢的對話裡還說「有大覺而後知此其大夢也，而愚者自以為覺，竊竊然知之」，只有澈底覺醒的人才知道人生其實是一場大夢，有些愚者卻自以為覺醒，能夠清楚明白一切事理。末了總結「萬世之後而一遇大聖，知其解者，是旦暮遇之也」，許久之後將有個大聖人，能解開人生是一場夢這個謎。彷佛說：自以為覺醒的人其實在做夢，我說他在做夢，我這句話這本身也是夢話，終有一天會有個聖人看透這一點，而這聖人多麼可遇不可求啊。一層論證之外又一層論證，弔詭之至，就像我那俄羅斯娃娃式的夢中夢。

我不確定能看透人情事理的母親，該歸作長梧子話裡的愚者或大聖，也許她早就超越表相，站在更高更遠處告誡我，不要凡事那麼認真，那些都是騙你的。誠然，看清事實有時並不比蒙在鼓裡好受，如果幻滅是成長的開始，那麼不幻滅不成長，不醒來是不是就沒有痛覺了。

這又回到我所信奉的謬論——沒有受傷就不必面對復元，不去擁有快樂便無失去之虞，不設終點就毋須擔心到達不了終點。那麼，不要有夢吧。

這使得無夢之眠成為恩賜。起碼平衡了「做夢」與「覺醒」如此截然的兩極。說來也怪，無夢之眠好發於移動的軀殼裡，夢彷佛趕不上列車速度，這讓每回的高鐵或火車之行，都如兔子獲得壓倒性勝利般把龜速的夢遠遠甩在後頭。於是列車行進時，晃晃蕩蕩地，軌道的些微曲度與起伏竟使車廂像一只巨大搖籃，窩在座椅真如襁褓中的嬰孩被包覆得既律動又安穩。半密閉空間裡細瑣混濁的機械聲、人語或走動均無礙於闔上眼，反倒如助眠曲。

伴著奇異節奏，恍若置身宇宙的核。意識睡去，一路無夢，醒來後就到站了。這樣舒適順遂，令人不禁疑惑無夢之眠會不會又是另一場夢？也許真有那麼一天會遇上一位大聖人，他將告訴我走馬畫筒裡上映的其實就是，一場不斷在原地打轉的人生。

在我忘記以前

苦心孤詣經營的風光，終究是可有可無的皮相，一旦成為負累只能沿途割捨，一路丟棄

乍從夢中歸來，意識仍舊迷濛。躺在床上呆望天花板一會兒，待視線漸漸清朗，才從窗簾縫隙透進來的屬於午後的曖曖光線裡，確認了現下所處的時空。也是此刻，深深感覺慶幸，總算可大大地鬆一口氣。適才經歷的百般懊惱還好是夢一場。夢裡我又忘記在時限內上網去登記選課了，少了這門學分，我將無法順利畢業。

現實裡，我分明脫離學生時代許久，選課、修學分這檔事早已是永恆的過去式了。然而，每每從過分逼真的夢境中驚醒，我總要耗神釐清此刻我是誰。彷彿我是艾

倫・萊特曼（Alan Lightman）《愛因斯坦的夢・第十四個夢》裡的一枚人物，日日要複習自己的身分以免忘記我是誰。

小說裡那座夢中城鎮的人們沒有記憶，他們時刻都須把所知道的一切記在本子裡。於是人人隨身攜帶自己的「生命簿」，每天都要回顧本子、讀上數頁，方能據以找到回家的路，重新接納眼前的家人，辨識自己曾有過什麼豐功偉業或不堪回首的往事。那是一個永遠處於現在進行式的世界，過去種種都只存在記事本。「生命簿」非常珍貴、機密，它是外掛的大腦，忠誠記憶著人們身世的輪廓。

我不只一次感覺自己可能住在必須一再複習身分的城鎮裡，也許那肇因於我太常處於醒與睡的縫隙中。夢裡夢外的畫面跳接之際，我得搞清楚哪一個才是現下的時態，接著隨之調整時差及認知，好讓言行趨近這個角色的人設。尤其疫情期間居家工作久了，漸次養就一種生活步調——線上教學之外，其他時間便往床上躺，躺著躺著就進入另一個結界。日子恢復常態後，竟還是慣性地以睏為名返回夢土，因而我的上班軌跡經常是：六點起床弄完早餐待孩子七點上學後，便鑽入被窩睡回籠覺，「回籠覺」帶有續攤的滿足感，彷彿在犒賞自己太早起床或前晚工時太長的辛勞；九點教完課，看看課表下一節是十一點，我又趴回辦公桌睡上一個多小時，生理內建時鐘會準時催促，讓我得以無縫接軌走入下一節課堂；捱到中午，回住處隨便吃個飯又爬上床，下午兩點再趕回學校站上講台。

荒唐的上班節奏簡直比夢還像夢。或許微醺適足以助興，惺忪之間講課真有揮毫的快意吧。總之信手拈來的回籠覺，是中繼燃料，是最闊氣的獎賞。此後課間空堂、咖啡館、護膚室、髮廊、診療床、移動的交通工具裡，每一處都可以是我的膠囊旅館，短暫安歇彷彿成為生活之必要。當然這得付出一些代價。在睡睡醒醒的交界，我得費勁銜接斷片，一再確認今夕是何夕，此刻我是誰。

多數時候，確定自己身處夢外，都會大大鬆口氣彷彿歷劫歸來，大概是夢境太常出現追趕、未完成、做不到，恆常令人喘不過氣。也曾有多次，夢裡不斷與同一副臉譜搏鬥，它不斷質問、詭笑，探問日記藏在哪，房門怎可上鎖，妳說的話都錯，不照做就等著被剝奪。生活處處是對焦的針孔和鏡頭，有時是利刃與拐杖鎖。我是一只風乾的魚，沒有眼珠，被掏空的內臟不知遺落在哪裡。

偶爾夢也很美。當然無夢更好，至少毋須費力辨識現實與夢的距離，所以入眠也成為一種賭注了。無奈睏意已成慣性，我依然以為我需要睡眠，就像愛因斯坦的第十四個夢裡的人們，他們以為自己需要生命簿。

在這個沒有記憶的世界裡，「有些人以在桌旁讀自己的『生命簿』度過黃昏，其他的人則狂亂地以每日起居瑣細填滿簿中剩餘的冊頁」，日日複習自己的生命，是因為害怕再度失去嗎？把「過去」緊握在手中，卻隨著記憶堆疊膨脹而更握不住「過去」，如柳宗元的那隻蝜蝂小蟲，「行遇物，輒持取，卬其首負之」，乃至「背愈重」、「躓仆不能起」，任性愚頑地把負累往身上攬。為了不虛此生，又拚命以瑣屑功名填滿生命冊頁，好讓未來的自己有歌頌往事的憑藉，未料卻落得「極其力不已，至墜地死」。人們會不會一輩子都不容易弄懂，那些看似珍貴的印記、掛滿勳章不能遺忘的歷史，到頭來有可能是一隻披著生命大躍進羊皮，實則為嚙咬生命、阻礙前行的狼。

「隨著光陰逝去，人人的『生命簿』都繼長增高、厚到沒法讀完全本的程度」，於是

「進入老年的男女，或讀前面幾頁，以認清自己的少年辰光；或讀後面幾頁，以辨識自己的暮年歲月」，生命簿也許是年輕時一廂情願所遺留的債券，年老後為了記住風光軌跡，還得耗費能量去贖回以往。這些無法遍讀生命簿，進而對記憶掐頭去尾的老人們，為我們扒開了華美的袍，袍下裸露出的殘酷內裡正是：苦心孤詣經營的風光，終究是可有可無的皮相，一旦成為負累只能沿途割捨，一路丟棄。我們花了許多時間寫下自己的歷史，花了許多力氣去維護這個心血，隨身攜帶深怕忘記，每天複誦，有時也說給別人聽，實則人人都自顧不暇了，誰能有多餘的記憶體去承載別人的生命史呢。曾跟同事聊起老後，他說有些臨終者會把空間清理得乾乾淨淨，讓子女不再為丟與不丟感到徬徨愧疚。我們所以為的珍貴，原來，還可能成為他人前行的累贅。

夢中城鎮裡，還有一些老人選擇不再翻閱生命簿，「他們已把過去拋到了九霄雲外。昨日種種……與他們的生命沒有什麼相干——不會比和風穿過了髮間的感覺更具意義」，這麼一來，在那個沒有記憶的世界裡，記不起一切反倒成為一種恩賜。印象中好像有位名人說過：「在我忘記以前我都會記得。」多耐人尋思，這話的邏輯類似「我唯一知道的就是我的無知」，像一則蘇格拉底式的詭辯。我想了許久均未能憶起那句話出自何方神聖，某次看電視重播才恍然發現這是蠟筆小新說的。

忘記與記得的界線愈發令人感到玄妙了。有時並非忘記，是這些訊息根本沒進入記憶，「在我忘記以前我都會記得」，也許一開始我們選擇不記憶，也就無所謂健忘這回事；而有時不復記憶並非真的忘記，它可能已沉入潛意識，成為水面下的生命簿，爾後以夢、以倏忽、以不經意的制約動作來宣示存在感。我想起自己的夢境，或許我並沒有脫離學生時代關於課業的焦慮，未曾放下對某些面孔的深層怖懼，反射在日常裡，便是一再奔跑和逃避，連帶懊悔與害怕也偷渡到現下時態來。也許我不那麼需要回籠覺，就像人們不必然得去翻閱生命簿。

〈第十四個夢〉末了，不再翻閱生命簿的老人們，全心享受和風穿過髮間的舒暢感，他們的行囊空空如也，步伐輕快如少年，「這樣的人已經學會怎樣在沒有記憶的世界裡過沒有記憶的日子」。我把書往床頭一擱，順手拉開窗簾，午後的陽光並不刺眼，偶然一陣涼意搔得枝葉呵呵顫動，感覺風非常少年。

後記

戴上口罩這幾年，外界動盪分明，內在卻感覺安全。尤其有段日子，留起覆額瀏海，出門再加頂鴨舌帽，只剩一雙眼隱約露出，沒上妝竟也自在。隨後我愈加鬆綁外出行頭，鞋包內著和外衣，連吃食也不那麼講究。

國立編譯館時代的小學國語課本有篇文章，講述一位懶惰不愛整潔的男子，因為朋友送來一束潔白鮮花，而動念洗淨花瓶、整理桌面，甚至清掃整座家屋，連儀容都徹頭徹尾打理了一番。〈一束鮮花〉的故事，不知你還記得否。

與此逆向地，疫情帶給我的滋養，是漸次鬆懶、愈加邋遢。實是此前，我無法眼睜睜不加妝點就裸露人群中。即便歲月摧折，然肉身作為社交媒介，總下意識警醒自己，就算敗絮其內也得金玉其外。當口罩漸成體膚、長出血脈與意識，各類色彩及款式遂化為速成妝容，甚且取代了臉目。有時覺得摘下口罩的彼此，反倒陌生異常，彷彿想像中的輪廓，才是對方真正的樣子。

防疫共識讓遮掩變得名正言順。隱，是自保也是禮貌。

當然也可能，「隱」是一則自我設限的隱喻，是無法放膽交付真心的戒備。身，既軟又銳利，就怕坦白得體無完膚，沒把握如何收拾掏空的後續。

體現在文字裡，我屢屢去脈絡化地逃逸事實的「線」與「面」，定「點」於現象玩味。其後果可能讓敘事不像敘事，更趨近靜物的觀看。然未見全貌，只露出口罩外一雙眼，和耳，和手，和腳踝，現象與現象的串接，會不會也可能是另一種事實的展現？

當外界愈發不可測、不可控，內觀肉身便成日常，體溫、喉嚨、肌肉一丁點不對勁都會挑動神經。跳出來拉開距離去探看身體髮膚，讀取每個細胞內蘊的心音密碼，大概是這段日子裡我最常做的無聊事了。

書名「隱身術」大抵來自上述處境。「隱身」立意乃欲逸脫自我之殼，站在較高處凝視「我」這副肉身。彷彿以他者之姿剖析一己，藉此辨識「我」的敷色形貌及行為肌理，或許病灶透析了，方有對治、療癒的可能；隱身亦指涉在各式身分轉換中，藏起自我以符合外在期待的歷程；當然隱身也意謂躲起來，純粹怕事。而從中闖練出來的應對體會姑稱之為「術」，願自己持續修練，有朝一日或可靠近「道」。

書中收錄的二十八篇文，粗分三輯。輯名揀選幾處可供隱身的空間，需要之時暫隱其中，好像就有了更多前行的力氣。輯一「更衣室」大致是對愛欲本質的窺探。思索愛戀、收藏、念舊等心緒莫非是我執，我執背後究竟是珍視？不捨？還是對於失去的怖懼？輯二「病房」多為皮肉與精神的觀照。嘗試撥開皮相迷障，逼視肉身衰朽、年華逝去的真相，最終回歸心靈看護。輯三「小公寓」則記錄著日常迷走與覺知。細究生活所遇、傾聽內在聲息，也許偶爾的出逃、抽離與轉換，是為了找尋座標，終能定點安頓。

不知這些盼望，能否在書寫過程中達致？寫著寫著，日子會變得更好嗎？無論如何我已感受到，生活裡許多時刻，肉身與意志是最忠誠的陪伴。

此書得以完成，非常謝謝有鹿文化的夥伴，尤其是悔之社長和責編于婷一路相挺，悉心伴我走走停停。這些年，謝謝《聯合副刊》宇文正主任、《中時人間副刊》盧美杏主編、《自由副刊》孫梓評主編，及《幼獅文藝》前主編馬翊航、《聯合文學》雜誌副總編神小風等，願意接納並刊登書中諸多篇章，對寫作者來說很是鼓舞。

謝謝我敬慕的作家張瑞芬教授、吳鈞堯老師如此珍貴的序文，珠璣字句如星斗，領我看見前方的路。謝謝願意具名推薦此書的作家前輩（依姓氏筆畫）——王盛弘、林婉瑜、凌性傑、夏夏、許悔之，能得到您們的祝福，深深覺得自己幸運且不孤單。

更要謝謝翻開《隱身術》探看字句的您。無論世界怎麼變，願彼此都安好。

隱身術

看世界的方法 223

作者 ——— 黃庭鈺

封面設計 —— 朱疋
內頁設計 —— 吳佳璘
責任編輯 —— 魏于婷

董事長 —— 林明燕
副董事長 —— 林良珀
藝術總監 —— 黃寶萍

社長 ——— 許悔之
總編輯 —— 林煜幃
副總編輯 —— 施彥如
美術主編 —— 吳佳璘
主編 ——— 魏于婷
行政助理 —— 陳芃妤

策略顧問 —— 黃惠美 · 郭旭原
郭思敏 · 郭孟君
顧問 ——— 張佳雯 · 施昇輝
謝恩仁 · 林志隆
法律顧問 —— 國際通商法律事務所
邵瓊慧律師

出版 ——— 有鹿文化事業有限公司 | 台北市大安區信義路三段106號10樓之4
T. 02-2700-8388 | F. 02-2700-8178 | www.uniqueroute.com
M. service@uniqueroute.com

製版印刷 —— 鴻霖印刷傳媒股份有限公司

總經銷 —— 紅螞蟻圖書有限公司 | 台北市內湖區舊宗路二段121巷19號
T. 02-2795-3656 | F. 02-2795-4100 | www.e-redant.com

ISBN ——— 978-626-7262-01-6
EISBN —— 978-626-7262-06-1
初版 ——— 2023年3月

定價 ——— 380元

隱身術 / 黃庭鈺著 —初版 · —臺北市：有鹿文化，2023.3 · 面；（看世界的方法；223）
ISBN 978-626-7262-01-6　　863.55 ………………………… 111021450